フェルディナント・フォン・シーラッハ

酒寄進一 訳

禁忌

TABU

Ferdinand von SCHIRACH

東京創元社

目次

禁忌

緑と赤と青の光が同等にまざりあうとき、それは白に見える。
ヘルムホルツの色彩論

一八三八年のあるうららかな春の日、パリのタンプル大通りで新たな現実が作りだされた。それが人間の知見、現実を変えた。そして真実をも変化させた。

ダゲールはフランスの舞台背景画家だった。あるとき現実と寸分違わぬ舞台背景を制作しようとした。彼は木箱に穴をあけ、ヨウ素で処理した銀板を内部に固定し、そこに光が落ちるようにした。その後、水銀蒸気にかけると、箱の前にあったものが銀板上に立ちあらわれた。しかし箱の中で銀塩が化学反応するには時間がかかる。馬や散歩する人の動きは速すぎた。動きは、まだ捉えることができなかったのだ。光が焼きつけたのは、家並みや樹木や街路だけ。それがダゲールの発明した写真技術だった。

一八三八年の写真には、馬車や人のぼやけた影にまじって、ひとりの男がはっきり見てとれる。まわりのものがすべて動いているのに対して、男は背中に腕をまわして静かに立っている。頭だけがかすかにぶれている。男はダゲールのことも、彼の発明のことも知らない。男は靴磨きに靴を磨いてもらっているただの通行人だ。写真機は、この男と靴磨きを捉えることができた。ふたりは写真に写った最初の人間だ。

ゼバスティアン・フォン・エッシュブルクは、この身じろぎしない男と、男のぼやけた頭がずっと気になっていた。だがすべてが起きてしまい、もはやだれにも元通りにすることができなくなった今、はじめてわかった。その男は自分自身なのだ。

緑
Grün

1

エッシュブルクはミュンヘンとザルツブルクのあいだの中間に位置する村で、街道筋からすこしはずれたところにある。村の名の元になった城は丘の上にあったが、今は石がいくつか名残をとどめるだけとなっている。十八世紀にエッシュブルク家の者がベルリンへバイエルン王家の使者として赴き、村にもどってからは、新しく湖畔に邸宅を構えた。

エッシュブルク家の繁栄は二十世紀初頭をもって終わる。一家はかつて製紙工場と紡績工場を所有していた。一九一二年、後継者である一家の長男が、タイタニック号とともに海の藻屑となった。一家の者はのちにそのことをすこしだけ自慢した。長男は一等客室を予約し、愛犬だけを連れて乗船した。彼は救命ボートに乗り移ることを拒んだ。酔っぱらっていたせいだといわれている。

跡を継いだ弟は、家族が経営する企業を売却したあと投機に手をだし、一九二〇年代のインフレのあおりを受けて、財産の大半を失った。そのあとは、家を改修する資金にも事欠くありさまだった。化粧壁が外壁からはがれ落ち、邸宅の左右にのびる翼棟は冬場に暖房されることがなく、屋根はすっかり苔むしていた。春と秋の雨が多い季節には、雨漏りを受けるため、屋根裏部屋にいくつもブリキのバケツが置かれた。

エッシュブルク家の人々はほとんどが狩人か旅人だった。邸宅の居室は、二百五十年にわたって集められた収集品で埋め尽くされていた。玄関ホールには、象の足で作った傘立てが三つもあり、その横の壁には中世から伝わる猪狩り用の長い槍がかけてあった。二階には互いに嚙みあった二頭のワニの複製が飾ってあった。片方のワニは片目のガラス玉が欠け、もう一頭は尻尾が途中で折れていた。家事をおこなう部屋には大きなヒグマの剝製が立っていた。腹部の毛はほとんど抜け落ちていた。図書室の壁には、クーズーとオリックスの頭部がかけてあり、本棚には、ゲーテとヘルダーにはさまれるようにして、横目づかいをしているギボンの頭像があった。暖炉の横には、コンゴで作られた太鼓と角笛とカリンバが置いてあった。ビリヤード室の入口の左右には黒檀でできた、黒くて硬い表情のアフリカの豊穣神二体が鎮座していた。

廊下には、拡大複製したインドの切手や日本の墨跡と並んで、ポーランドやロシアの聖画《イコン》がかけてあった。他にも中国製の小さな馬の木像、南アフリカの槍の穂先、白熊の黄ばんだ牙、メカジキの頭部、シロオリックスの四本の蹄《ひづめ》をあしらった腰掛け、ダチョウの卵、鍵が失われたインドネシア製の木の長持ちなどがあった。客室にはフィレンツェで作られたバロック調の家具が置かれ、もうひとつの客室には、ブローチやシガーケースといっしょに銀製の留め金のついた聖書が飾ってあるガラス張りのテーブルがあった。

邸宅の裏手の庭園には、馬房が五区画ある厩舎が建っていた。外壁には蔦がからまり、厩舎前の庭に敷きつめられた栗石のあいだから草が生えていた。窓のよろい戸に塗られたペンキははげ落ち、配管が錆びていて、水は赤茶色だった。馬房の二区画には、暖炉の薪《まき》が積まれ、別の一区画には冬場、大型の植木鉢や、雪を溶かすためのまき塩や罠猟《わなりょう》用の餌が保管されていた。

ゼバスティアンはこの邸宅で産声をあげた。母はミュンヘン市内の病院で産むつもりだったが、車を長いあいだ寒い屋外に置きっぱなしにしていたため、エンジンがかからなかったのだ。父が車のエンジンをかけようと四苦八苦しているあいだに、陣痛がはじまった。薬剤師とその妻が村から駆けつけ、父は部屋の前の廊下で待った。二時間後、〝へその緒はどうします？　ご自分で切りますか〟と薬剤師が父にたずねた。すると父は腹を立て、かからなかったんだ、と怒鳴った。父はあとで薬剤師に詫びをいれたが、村では、あれはどういう意味だったんだろうとしばらく話題になった。

エッシュブルク家では、子どもが家族の中心になることがなかった。子どもは、ナイフとフォークの持ち方や、手にキスをするときの作法を教え込まれ、できるだけおしゃべりをしないようにしつけられた。しかしそれ以外は、ほとんど子どものことを放っておいた。ゼバスティアンは八歳になったとき、はじめて両親といっしょに食事をすることを許された。

ゼバスティアンには、他のところで暮らすことなど想像することもできなかった。家族とバカンスをすることはあったが、ホテルは居心地が悪くてしかたなかった。家に帰ると、廊下の黒々とした床板や、すり減った石の階段や、傾《かし》いだ礼拝堂に差し込む午後の淡い日の光が彼を待っていた。すべてがそこにあるのを見つけて、彼は喜んだ。

ゼバスティアンの生活は、物心ついたときからふたつの世界に分かれていた。彼の網膜は三百八十から七百八十ナノメートルの電磁波を知覚し、彼の脳はそれを二百の色調、五百の明度、そして二十種類の異なる白色に置き換えた。それは他の人と変わらなかった。しかし彼に見える色は、他の人とはちがっていた。といっても色をあらわす言葉が充分に存在しないため、その色は名前を持たなかった。しいていえば保母の両手はシアンと琥珀《こはく》色からなり、日を浴びた保母の髪はほんのすこし黄土色がまじった紫色に輝いて見えた。父の肌は彩度の低い緑青色だった。ただ母には色がなかった。ゼバスティアンは長いあいだ、母が水でできていると思っていた。母は部屋にいるときだけ、みんなが知っている姿をあらわす。毎回、一瞬にして変身する。ゼバスティアンはその変わり身の早さに感心した。

文字を学ぶと、ゼバスティアンは文字のひとつひとつに色を感じた。〝A〟は村の学校で教える女の先生のカーディガンや、前の冬に山小屋で見たスイスの国旗とおなじ赤、濃くて、鮮やかな、見まちがえようのない赤色だ。〝B〟ははるかに軽やかな黄色で、通学路の途中で見かける菜の花畑のにおいがした。浅緑色《あさみどり》の〝C〟は深緑色の〝K〟よりも部屋の上層をただよい、ずっと好ましい色だった。

万物には、自分以外の人にも見える色の他にもこうした見えない色がついていたので、ゼバスティアンは脳内で独自にこの世界を秩序づけるようになった。しだいに色分けによる地図ができあがった。その地図には無数の通りと広場と横丁があり、毎年、新たに領域を広げた。ゼバスティアンはこの地図の中でなら動くことができ、色彩を通して記憶を呼び覚ました。この色の地図は彼の子ども時代のすべてをあらわした。その地図では、家のほこりは時代の色を帯びる。つまり深くて、柔らかい緑色。

ゼバスティアンはそのことを話題にしたことがなかった。みんな、おなじように世界を見ていると思っていたのだ。だが彼には耐えられないものもあった。母がカラフルなセーターを着ると、腹を立て、そのセーターを切り裂き、庭に埋めた。自分はというと、この地方の農民が着る紺色の作業着以外は頑として身につけようとせず、十歳になるまでその作業着が普段着だった。夏には、正しい色の帽子でなければ、かぶろうとしなかった。家事見習いのために住み込んでいる娘は、いちはやくゼバスティアンが変わっていると感じた。香水や口紅を新しくすると、すぐに気づくし、リヨンにいるボーイフレンドに電話をかけたとき、フランス語で話しているのに、ゼバスティアンは知らないはずの外国語を理解しているように思えることがあった。まるで彼女の声の色合いを聞くだけで充分だとでもいうように。

十歳のとき、寄宿学校に入った。父も、祖父も、曾祖父もそこで学んだ。一家にはもう充分な財産がなかったので、ゼバスティアンは奨学金をもらった。寄宿学校長が家に手紙をよこした。ズボン、セーター、寝間着の数など持ってくるものが事細かに列記されていた。料理女はすべての衣類に学籍番号を縫いつけなければならなかった。寄宿学校の洗濯係が生徒の衣類を区別しやすくするためだ。料理女は納戸からスーツケースを持ってきたとき、さめざめと泣いた。ゼバスティアンの父は怒って、息子は監獄に入るわけではない、めそめそするなといった。それでも料理女は泣いた。そして手紙の中ではっきり禁じられていたのに、ジャムを一瓶とすこしばかりの金を洗い立てのシャツのあいだに忍ばせた。

本当をいうと、その女は料理女ではなかった。家から使用人がいなくなってもう久しかった。彼女は遠縁のおばで、ようは家族の一員だった。若い頃はチュニジアのドイツ領事の女執事で愛人だった。今はエッシュブルク家に住み込めたことを喜んでいた。といっても部屋をあてがわれ食事ができるだけで、給料が支払われることはまれだった。

父に連れられて寄宿学校へ行くとき、ゼバスティアンは湖面に浮いていたキンポウゲの白い花と、セキレイと、邸宅の前に立つプラタナスをいっしょに持っていきたいと思った。愛犬が日を浴びて立っていた。被毛がぬくぬくしていた。ゼバスティアンは愛犬にどういう言葉をかけたらいいかついにわからなかった。半年後、愛犬は死んだ。

2

車で寄宿学校へ向かうあいだ、ゼバスティアンは助手席にすわることを許された。後部座席で長距離を走ると車酔いするのだ。ゼバスティアンは窓の外を見て、世界が今まさに創られているような感覚を味わった。父はあまりに速く走りすぎる。世界の完成が間に合わないと思った。父が〝シュヴァーベンの海〟と呼んだ大きな湖に沿って果樹園がつづく。そこを過ぎると、スイスとの国境に着いた。ドイツとスイスのあいだは無人地帯だ、と父はいった。ゼバスティアンは、無人地帯にいる人間はどんな姿をしているのだろうと気になった。いったい何語で話すのだろう。そもそも言葉を話すのだろうか。

税関吏は制服姿で威厳があった。ゼバスティアンの新しいパスポートをチェックし、父に関税申告すべきものがあるかどうかたずねた。

ゼバスティアンは税関吏のピストルをじっと見つめた。ピストルはすり切れたホルスターに収まっていた。税関吏がピストルを抜くところを見たかったが、その必要にせまられなかったので、ゼバスティアンは残念でならなかった。国境を越えると、父は金を両替し、キオスクでチョコバーを買った。スイスに入国したら、いつもこれを買う、と父はいった。チョコバーはひとつひとつ包装紙にくるまれていて、銀紙に小さな写真が貼りつけてあった。シャフハウゼンのライン滝、マッターホルン、納屋の前の雌牛と牛乳缶、チューリッヒ湖。

車は山の中の坂道を登った。涼しくなり、レバーをまわして窓ガラスを閉めた。

「スイスは世界でもっとも大きな国のひとつだ」父はいった。「ただし山の表面積を平らにのばしたらの話だ。そうすれば、アルゼンチンとおなじくらいの広さになる」

道が狭くなり、農家や、石を積んだ教会の塔や、川や、山間の湖が姿をあらわした。

とくに整然として見える村を通ったとき、父はいった。

「ここにはニーチェが住んでいた」

父はとある二階建ての家を指差した。窓辺にゼラニウムが飾ってある。ゼバスティアンはニーチェがだれか知らなかったが、父が悲しげにいったので、その名を記憶に刻んだ。

岩山のあいだをさらに三十キロほど走り、父はようやく小さな町の広場で車を止めた。着くのが早すぎたので、ふたりは路地を散歩した。二階建て、三階建ての民家が建ち並び、どの家も窓が小さく、アーチ状の通用門があり、厳しい冬に耐えるために壁が分厚い。そこから寄宿学校の校舎が見えた。バロック様式の修道院だ。回廊がマリアの泉を囲み、巨大な修道院付属教会のふたつの塔がその向こうにそびえていた。

ふたりは寄宿学校長の出迎えを受けた。校長はベネディクト会の褐色の修道服に身を包んでいた。ゼバスティアンは父と並んでソファにすわった。聖母マリア像がガラスを張った壁のくぼみに飾ってあった。その聖母マリアは口が小さく、うつろな目をしていて、腕に抱いた幼子は病気にかかっているように見えた。ゼバスティアンは落ち着かなかった。ズボンのポケットには鳥笛、昨年浜辺で見つけた滑らかな石、そしてオレンジの皮の残りが入っていた。校長と父は盛んに話をしていたが、ゼバスティアンには大人の話がまったくわからなかった。そのあいだオレンジの皮を親指と人差し指でもんでいると、どんどん千切れて小さくなった。校長と父がようやく話を終えると、ゼバスティアンは立ち上がった。父が校長に別れを告げたので、自分も手を差しだそうとすると、校長にいわれた。「いや、いや、きみはこのままここに残るんだ」

そのときオレンジの皮の小さなクズがポケットからこぼれ落ち、ソファに散らばって、張られたカバーに黒っぽいシミがついた。父が謝ると、校長は笑った。

「気にしないでください」

校長は嘘をついている、とゼバスティアンは思った。

3

修道院の生活は数百年前から読み書きで成り立っていた。修道院図書館は天井の高い大広間で、床には明るい色のオーク材が敷きつめられていた。収蔵されている書物は、手写本が千四百巻を超え、印刷本は二十万冊以上、その大半が革装だった。十一世紀に学校が創設され、十七世紀には印刷所も作られたという。寄宿生には別の図書館が用意されていた。黒々とした木の机と真鍮《しんちゅう》の笠がついた照明のある部屋だった。寄宿生たちのあいだでは、拷問や魔女裁判の記録、魔術指南書などの禁じられた書物を保管する秘密の書庫が修道院の地下にあるという噂が流れていた。修道士たちはとくに読書を奨励しなかった。好きな子は放っておいても読書をするし、興味のない子にはいくらすすめても効き目がないことを知っていたのだ。

ゼバスティアンは世間から隔絶したこの修道院で読書の喜びを知った。しばらくして寄宿学校の決まりごとも気にならなくなった。朝夕の祈禱に慣れ、授業、運動、自習の時間を当たり前のように受け入れた。修道院の日々はいつもおなじリズムで流れて、ゼバスティアンは静かに読書に勤《いそ》しむことができた。

数週間ほどすると、湖畔の家が恋しくなった。長期休暇になるまで、寄宿生は家に帰ることが許されない。電話をかけるにも、面倒くさい手続きが必要だ。隔週の日曜日、ゼバスティアンは家に電話をかけた。修道院の玄関ホールにある木製の小さな電話ボックスに立ち、玄関の受付にいる修道司祭が電話をつなぐ。

ある年の日曜日、母が電話にでた。ゼバスティアンは、なにかおかしいと気づいた。父は病気だが、それほどひどくない、と母はいった。受話器を置いたとき、ゼバスティアンは膝ががくがくして、突然、父を救えるのは自分しかいないと確信した。そのためにはひとりでヴィアマーラ峡谷を歩かなければならない、と。ゼバスティアンはこの峡谷が恐かった。そこの暗がりと隘路《あいろ》に恐怖を覚えていた。クラスの遠足でそこへ行くときは参加したためしがなかった。〝ヴィアマーラ〟、つまり〝悪路〟。高さ三百メートル、水の流れによって滑らかに削られた、冷たい岩壁、石の階段、吊り橋。

ゼバスティアンは学校に断りもせず、すぐに出発した。寄宿学校の前でバスに乗った。途中で、はいているのが薄っぺらの短靴で、ジャケットを持ってこなかったことに気づいた。十二歳で高所恐怖症。それでも行くしかない。彼はゆっくり歩をすすめた。橋の途中で足がすくんだ。見下ろしはしなかったが、渓流の水音が下から聞こえた。顔からは血の気が失せていた。助けがいるか、とハイカーから何度も声をかけられた。三時間かけて、やっと峡谷を歩きとおし、修道院へもどった。みんな、彼を捜していた。父のことを話しても、校長はもちろん理解しなかった。ゼバスティアンは頬を打たれたが、気にしなかった。父を救ったのだから。

学校は標高約二千メートルの高地にあった。冬は早く訪れ、長く居すわる。暖房が入るのは遅くて、天井が高かったため、充分暖まることはなく、長い廊下にはすきま風が吹いていた。それでも、初雪が降ってからの数日はいつも楽しかった。地下室からソリが運びだされ、週末になると、寄宿生たちはスキーを楽しんだ。朝、目を覚ますと、毛布にうっすら霜が降り、浴室の蛇口には小さなつららができていた。

ゼバスティアンは毎年、冬のはじめに病気になった。あるとき中耳炎にかかって発熱した。村の医者のところには、大きな耳の解剖図がかかっていた。医者はその図を使ってゼバスティアンに皮膚と軟骨と骨と神経がどうなっているか教えてくれた。

「きみの皮膚は薄すぎるんだよ」と医者はいった。

医者のデスクにはクローム製のきらきら輝く器具が置いてあった。どれも冷たく、中耳炎になった耳に入れられると痛かった。ゼバスティアンは料理女のことを思った。家では痛いところがあると、みじん切りにしたタマネギで湿布してもらったものだ。タマネギで涙がでるけど、よく効くんだよ、といっていた。料理女は枕元にすわり、チュニジアの話をしてくれた。メディナの市場で売られている香辛料のことや、筆のように毛の立った耳をしているカラカルや、シェヒーリーと呼ばれるサハラ砂漠の熱風の話をしてくれた。

寄宿学校の暗い数ヶ月、本が充分役に立たなくなり、庭も運動場もベンチも雪におおわれてしまうと、ゼバスティアンは脳内の色の世界に救いを求めた。

4

長期休暇の初日を迎えた。ゼバスティアンはろくに眠れなかった。朝の四時には起きて、猟場にでかけた。夜中に雨が降った。草地は濡れそぼち、土がゴム長靴にこびりついて、重くなった。父は二連式ライフル銃を肩にかけていた。銃身が粗織りウールのコートとこすれ、生地はその箇所だけ薄くなっている。イギリスで銃に施されたバラの模様とゴールドの線刻はほとんど見えなくなり、銃身は真っ黒だった。コートはウサギとタバコのにおいがする。ゼバスティアンは、狩猟免許取得試験に合格したらお祝いにもらえることになっている猟銃のことを思った。十七歳になれば、試験を受けることができる。それまでまだ年月があった。

ゼバスティアンは父とでかけるのが好きだった。狩猟は遊びじゃない、というのが父の口癖だ。ゼバスティアンも、父のいわんとしていることは理解できた。ちがうのは、大人数で獲物を追い込む巻狩《まきが》りだけだ。狩猟館の庭に炊き出しの馬鈴薯《ばれいしょ》スープがだされ、喧噪に包まれる。よく新しい客が招かれた。勢子《せこ》たちは、〝新入り〟と彼らを陰で呼んでいた。彼らはコートを新調し、新しい銃を持ってきた。〝新入り〟は、その猟銃で思わぬ失態をやらかさないように、決まった場所に案内される。獲物を待っているときでも、彼らは絶えずおしゃべりをする。町での仕事のこと、政治のことなどとりとめもなく。彼らが狩猟を理解していないことは、ゼバスティアンにもわかった。その後、仕留めた獲物は狩猟館の前に並べられる。獲物はみな、事切れて汚らしかった。ゼバスティアンはそれを最後に、巻狩りに加わるのをやめた。だが父とふたりだけの猟は別だ。父はほとんど話をしない。森も獣もふたりだけのものだ。汚らしいところはなく、見当違いなことも起こらない。

ふたりは獲物を待ち伏せるための櫓《やぐら》に上って、朝霧が晴れるのを待った。雄のノロジカが畑にでてくると、父はゼバスティアンに双眼鏡を渡した。枝角《えだづの》が六つに分かれた大物だ。体が大きく、堂々としていて、たとえようもなく美しかった。

「まだ早い」父はささやいた。

ゼバスティアンは首をかしげた。今は八月のはじめ。禁猟期は十月半ばからのはずなのに。使う気がないのなら、どうして猟銃を担いできたのだろう。ゼバスティアンは不思議に思った。だが、自分が猟銃を持つ身になったら、やはりいつでも携えることにしようと心に決めた。

父はシガーケースから葉巻を一本抜いた。ケースの革にはシミがつき、古ぼけていた。父の持ち物はどれもみな、おなじように古かった。櫓からは遠くの谷まで見晴らすことができる。村の教会の塔、晴れていればさらにアルプスを望むこともできる。ゼバスティアンはのちにこのときのことを事細かく思いだすことになる。葉巻の紫煙、樹脂や濡れたウールのにおい、木の間にそよぐ風。

ふたりは交替で双眼鏡をのぞいた。かなり重かったので、ゼバスティアンは横木にひじをつかないと支えられなかった。ふたりは長い時間、そのノロジカを観察した。

そのあと父は銃を構えて、発砲した。ふたりして櫓を下りると、ゼバスティアンは走って畑を横切った。ノロジカの前脚の恰好はまるで走っているかのように見えた。脚は関節のところで折れ曲がり、小さかった。開いたままの目は丸く盛り上がり、濁っていて、赤い舌が奇妙にねじれていた。ゼバスティアンは猟師に伝わる古い言葉を知っていた。猟師は目《アウゲ》のことを〝ひかり《リヒト》〟、口《マウル》を〝はなづら《エーザー》〟と呼ぶ。父がいっていた。「猟師は縁起を担ぐんだ。森では普通の言葉を使ってはいけないことになっている。さもないと、獣に勘づかれてしまう」と。だがノロジカはもう死んでいる。言葉はなんの意味も持たない。

父は獲物にかがみ込み、左右の後ろ脚を大きく広げて、そのあいだに膝をついた。それから腹部を肛門から喉に向けて切り開いた。血と腸があふれだす。父は胃袋、心臓、脾臓、肺を引っぱりだし、草地に置いた。

ゼバスティアンは、峡谷を歩いたときとおなじ感覚に襲われ、逃れることができなかった。どこまでも奈落を見つめる。父に引きもどされるまで、無防備に、己の意志をなくして。ゼバスティアンを現実に引きもどしたのは、切り裂く音、父のナイフの音だった。その音がゼバスティアンをひきつけ、同時に突き放した。ゼバスティアンは身じろぎひとつできなくなった。ノロジカの体内に白いものが見えた。筋繊維と骨だ。父は解体を終えると、ノロジカを肩に担いだ。ゼバスティアンはリュックサックを背負って、父に従って車にもどった。暑い一日になりそうだった。草地からは靄《もや》が立ちはじめている。日の光がきつくなり、木陰にとどまるほうがよかった。

家では、ゼバスティアンの母がマロニエの下の鉄製のテーブルで朝食をとっていた。母が飼っている犬が二頭、芝生でうたた寝している。それは木曜日だった。母はその日のうちに、競技会にでかけるだろう。ゼバスティアンは、馬運搬用トレーラーが止まっているのを見かけていた。母は数年前に厩舎を改装し、今は馬場馬術の競技用馬を二頭飼っている。母の両頬にキスをしてから、ゼバスティアンは二階にある自分の部屋に上がり、母にあげる贈り物をスーツケースからだした。寄宿学校の工房で自作したくるみ割り人形だ。白い歯がふたつついていて、髭が赤く、木製のキジの羽根がついた帽子は黒かった。ゼバスティアンは長いこと、この工作に取り組んできた。キジの羽根は茶色と緑色で色づけした。だが今は、この贈り物がつまらないものに思えた。母にそれを差しだすとき、ゼバスティアンはうつむいた。両手には、狩り場の櫓でついた樹脂がまだこびりついていて、気をつけていなかったため、くるみ割り人形が樹脂で汚れてしまった。母は礼をいって、くるみ割り人形の口を二回、パク、パクと開けてみると、また乗馬雑誌の競技会告知ページを読み耽《ふけ》った。テーブルには、競技会の申込用紙が何枚も置いてあった。ゼバスティアンは寄宿学校のことを話した。母はときどき質問をしたが、申込用紙から顔を上げることはなかった。

しばらくして母はいった。

「そろそろでかけないと」

母はナプキンを丁寧にたたんだ。ナプキンの端がきっちりと合わさっていた。母はゼバスティアンの額《ひたい》にキスをした。二頭の犬が跳ね起きて、母と並んで厩舎へつづく並木道を歩いていった。

ゼバスティアンはそのまま古いマロニエの木陰にすわっていた。長期休暇ははじまったばかり。ボートハウスにある木製のボートを修理してもいいかもしれない。きっと塗装をしなおす必要がある。ゼバスティアンは、親子三人でそのボートに乗って湖にこぎだしたときのことを思いだした。オールをこいだのは父。ゼバスティアンは腹ばいになって、顎を舷側にのせた。まだ幼かった。五、六歳の頃だ。母は明るい色の亜麻織りのドレスを着て、体をこわばらせながらボートの真ん中のベンチに腰かけていた。その頃の母はほがらかだった。ボートがぐらぐら揺れて、父が櫂ではねかせた水しぶきがかかると、母は悲鳴をあげた。ゼバスティアンは冷たい湖に両手をひたした。ニジマスやペルカ（スズキ目の魚）やレンケ（マスの一種）の姿が見えた。そしてときどき母の甘い香水の香りが鼻をくすぐった。それはまるで水面に香るバラとジャスミンとオレンジのにおいだった。

なにもかも、ずいぶん昔のような気がする。両親の心が互いに離れてしまったことに、ゼバスティアンも気づいていた。ときどき父の部屋にもぐり込んで、結婚式のアルバムをのぞいた。写真の中の両親は若く、馴染みがなかった。母は自信なげで、控え目だ。まだ少女のようで、真摯《しんし》な顔つきで明るい目をしていた。

以前、両親がまだ言葉を交わしていた頃、ゼバスティアンは、母が父にいっているのを聞いたことがある。「あなたにはやる気というものがないのよ。だらしないんだから。あなたは一度もちゃんとした仕事についたことがないでしょう。人生には目標が必要なのよ。それが一番大事なことなんだから」

ゼバスティアンはガレージから自転車をだし、タイヤに空気を入れ、庭園からこぎだした。畑の手前の最後の家に友だちが住んでいた。友だちの祖母が窓から声をかけた。

「他の子といっしょに下の水門に行っているわよ」

ゼバスティアンは自転車の向きを変えて、広場まで走ってもどり、薬局を過ぎたところで曲がって野道にでた。友だちはおなじ村の少年たちといっしょに水辺に立っていた。三ヶ月ぶりに会うのに、みんな、ゼバスティアンがどこにも行っていなかったかのようにさりげなくあいさつした。少年たちはその日一日を、いかだの修理に費やした。冬のあいだずっと水場に置きっぱなしにしたため、丸太が水を吸い、重くて、ぬるぬるしていた。

少年たちは棒に刺した、まだ熟していないトウモロコシを火であぶった。トウモロコシは歯のあいだにはさまり、まったく味がしなかった。それでも焚き火の煙はスズメバチを追い払う。焚き火を囲むのは楽しい。みんなで葦の茎を切って、短くし、大きな葉巻に見立てて吸うまねをした。

ハンノキの影がかかった湖は涼しく、暗かった。ゼバスティアンは沖まで泳いで、仰向けになって水に浮いた。首を上げると、湖の対岸に自宅が見えた。日の光の中で白く軽やかに輝いている。そこに小桟橋と青く塗られたボートハウスが見えた。岸辺から友人たちの明るい声が聞こえた。目を閉じると、すべてが彼の中でまざりあい、名付けようのない色になった。

暮れなずむ夕刻、ゼバスティアンは家に帰って、顔を洗い、きれいな服に着替えた。外で食事をするには涼しすぎた。料理女は〈風景の間〉に食事の用意をした。父は酒臭く、疲れた顔をしていた。

「わたしは腹がすいていない、ゼバスティアン。すこし飲むだけにする」

父は痩せた、とゼバスティアンは思った。父はめったに家に帰らず、たいていはオーストリアで狩猟をして過ごしていると聞いていた。家に帰ったときは、ほとんどいつも書斎に籠もっている。書斎のカーテンが開けられることはなく、父が不在のときは、だれも中に入ってはいけないといわれていた。父はソファに横たわって、天井を見つめながら葉巻を吸った。口数も減り、スーツはどれもだぶだぶで、朝から酒を飲むようになった。

食事のあと、ふたりはビリヤード室に入った。父は足下があやしかった。

「ビリヤードをする？」ゼバスティアンはたずねた。

「いいや、もう疲れた。ひとりで遊ぶといい。わたしは見ている」

ゼバスティアンは球を並べた。父はウイスキーグラスを片手に窓台にすわり、葉巻に火をつけた。父はときどきビリヤードテーブルを見て、古いフランス式の数え方をした。「入口《アントレ》」「中《ドウダン》」

「馬《ア・シェヴァル》」（それぞれ〝一点〟〝二点〟〝三点〟を意味する）。ゼバスティアンはセリーに熱中した。象牙の球をテーブルの縁に沿って打ちすすめる遊びだ。部屋の中で聞こえるのは、しばらくのあいだクロスの上で球が当たる音だけだった。

暗くなると、ゼバスティアンはキューをラックにもどし、父と並んで安楽椅子にすわった。図書室の明かりがともったままで、引き戸の細い隙間を通して廊下に落ちていた。床板は黒々したビロードのように見えた。

「おまえがいてくれると、やっぱりいいな」父はいった。

父の声は色褪せていた。

「明かりをつける？」ゼバスティアンはたずねた。

「いや、よしてくれ」父はいった。

外でオオタカが鳴いた。ゼバスティアンは眠気に襲われた。薄闇の中、父の横顔が見えた。広い額、落ちくぼんだ頬。父の息づかいが聞こえる。父はなにかいいたくて、言葉を探しているようだったが、結局、なにもいわなかった。

ゼバスティアンは安楽椅子に体を預けたまま眠ってしまった。音に驚いて、暗い廊下を走り、一階のメインホールまで走った。途中でなにかにつまずき、膝をしたたかに打ちつけたが、それでも父の書斎まで走りつづけ、ドアを勢いよくひらいた。

ともっていたのはデスクのランプだけだった。その横に銃弾の紙ケースがある。薬莢が朱色の散弾、12番口径、薬室長70ミリ。ゼバスティアンはおずおずとデスクをまわり込む。父のツイードのスーツは肘と膝の部分が薄い。緑色のハンカチが胸ポケットからのぞいている。左足はひっくり返った椅子の上にのっていた。靴のかかとはすり減り、釘がいくつも見えている。父には頭がなかった。十二個の鉛の弾が顔をえぐり、頭蓋骨を吹き飛ばしていた。

ゼバスティアンは書斎に立ち尽くし、動くことができなかった。火薬とアフターシェイブローションとウイスキーのにおいがする。ウイスキーの瓶が倒れて、床の板石に滴り落ちていた。ゼバスティアンには、書物の上にたまったほこりと、真鍮製の双眼鏡、椅子に張った革の裂け目が見えた。そして大きな翡翠《ひすい》が嵌《は》め込まれた銀製のシガーケース。ついに限界に達した。めくるめくイメージが脳裏を駆けめぐり折り重なり、次々と新たなイメージが湧き上がり、どうにも収拾がつかなくなった。無数の色が巨大な泡となってふくれ上がった。

ゼバスティアンは鼻血をだした。唇を伝って舌に触れた血は生温かかった。足を一歩前にだすと、シガーケースを手に取り、デスクのランプを消した。どうしてそうしたのかわからなかったが、そのあと気持ちが落ち着いた。

「まだ早い」と父はいっていた。

5

ゼバスティアンは自分のベッドで目を覚ました。どうやって寝床に辿《たど》り着いたのか、記憶がなかった。寝間着を着ている。下の階で母の声がする。口の中が渇いていた。起き上がると、窓辺に行った。すでに昼だ。警察車両が家の前に止まっていて、その横にスモークガラスの黒塗りのステーションワゴンがあった。


ホームドクターが部屋にやってきた。

「むりをしないで、ぐっすり眠りなさい」といって、薬とコップ一杯の水をくれた。それからカーテンを閉めた。地の色が黄色と緑色の古いカーテン地には、オウムが何羽も刺繍してある。くちばしが大きな派手な鳥だ。ゼバスティアンは目を開けていようとしたが、オウムの姿がぼやけて、消えてなくなった。そのうちにジャングルの夢を見た。蒸し暑く、色も匂いも氾濫していた。

その後、住人以外はいなくなった。聞こえるのは、以前と変わらない物音だけ。邸宅の前の苔むした噴水を流れる水の音、風が強く吹くたびにガタガタ音をたてる風見鶏、屋根裏に棲みついたテンの走りまわる音。ゼバスティアンは寒かった。寝間着は汗でびっしょり濡れていた。

次の日の朝、母はベッドの角にすわって、ゼバスティアンの手をにぎった。母がかつてこんなことをしたことがあるだろうか。思いだすことができなかった。

「悪い夢を見ていただけよ。熱があるの」母はそういって、指にはめた指輪をまわした。ゼバスティアンは母の口元を見つめた。唇に血の気がなく、乾いていた。

「お父さんが事故に遭ったの。鉄砲の掃除をしていて暴発したのよ」と母はいった。

母の口はさらに動いたが、ゼバスティアンにはほとんどなにも聞こえなかった。彼と母のあいだに壁が差しはさまれたような感じだ。その壁はざらざらした手梳《てす》きの紙にそっくりだった。いくつか村を通り過ぎた先の川辺の古い水車小屋で父がいつも買っていた紙。ゼバスティアンは一度ついていって、紙が梳かれるのを見たことがある。柄杓を持った職人は桶の中味をひとすくいして、フェルトにかけて漉す。「紙の原料は木綿のぼろ布なんだ」と紺色のエプロンをつけた職人がいった。「病院で廃棄されたものでね」

父は書斎で猟銃の掃除を絶対にしないし、だれよりも銃の扱いに慎重だった、とゼバスティアンは母にいおうとした。それに、散弾がデスクにのっているのを見たし、壁に血がついていて、父には頭がなかったともいいたかった。すべて自分の目で見て、理解したことだ。母の話は真実じゃない。彼は母に説明したかった。狩猟のこと。朝陽を浴びる草地や、地面や、シダが茂る丘のことを。しかし起こったことがすべて、色やにおいまで、彼の頭に生々しく、あいまいなまま同居していた。どうしても理路整然とつなげることができなかった。
母は立ち上がって、部屋を出ていった。

6

見覚えのない親戚が葬儀のために方々からやってきた。親戚の多くが、彼の頭をなでて、覚えているかとたずねた。藤色のカチューシャをつけた年輩の女性がゼバスティアンを抱きしめた。女性の服は防虫剤のにおいがした。

村じゅうの人が葬儀に参列した。司祭が墓穴の前で説教をしているあいだ、ゼバスティアンは、みんなとおなじく黒いスーツを着た友人と並んで立った。その友人がささやいた。

「いかだがようやく直ってまた水に浮くようになったよ。去年よりも大きくなって、ずっといいものになった。今度もどるのはいつ？　きみを待って、こぎだすよ」

午後、親戚たちが邸宅の庭園でテーブルを囲んだ。料理女は事前にパウンドケーキを焼いていた。生クリームは日の光を浴びて溶けてしまった。客たちは、はじめこそしんみりしていたが、ほどなくして思い思いにしゃべりだした。

ゼバスティアンの母はフォークでグラスをたたいた。おしゃべりがやみ、みんなが母のほうを向いた。

「今日は多くの方が葬儀に来てくださり感謝に堪えません。おかげで心が癒されました。みなさん、どうかご理解いただきたいのですが、この邸宅を売りにだそうと思っています」母の声はふるえていなかった。話し終えると、また腰をおろした。

みんなが黙っていると、父の弟が立ち上がった。体がふらついて、テーブルに両手をついた。テーブルクロスがずるっとすべり、ケーキ皿が石を敷きつめた地面に落ちて割れた。おじはすっかり酔っぱらっていた。

「兄貴とわたしはこの家で生まれた。この家、この湖、そしてこの庭園には愛憎こもごもだ。ここにあるものすべてが愛おしくもあり、憎らしくもある」おじは片手を振りながらいった。呂律《ろれつ》がまわらなかった。「義姉《ねえ》さんのいうとおりだ。兄貴とわたしは、世界を新しく作れると思っていた。だけど、新しく作れるものなんてなかった。なにひとつなかったんだ。すでになにもかもそろっていたからだ。兄貴は自分の望みどおりの人間になれなかった。わたしもそうだ。わたしは、わかるかな、わたしはなんとしても……」

おじの妻が袖を引っぱった。

「いいからいわせてくれ」

そういいはしたが、おじはそのまま籐椅子にすわり込み、グラスを手に取った。

「この邸宅の幕引きに乾杯だ」

それから声をひそめていった。

「かわいそうな兄貴。この世を去ることができてよかった」

ゼバスティアンは窓に腰をかけて、おじの言葉を聞いていた。彼には理解できなかった。おじは切り紙で影絵を作り、それで寸劇を披露することができる人物だった。結婚相手はインド人女性だった。生真面目で、近寄りがたかった。ふたりはデリーで暮らしておよそ二十年になる。一度、ノルダナイ島でいっしょに過ごしたことがあった。おじは早朝、ゼバスティアンを連れて釣り舟で沖にでた。おじはジンを飲んでいた。釣り舟の真ん中にジンの黄色い瓶が立っていたのを、ゼバスティアンはよく覚えている。おじはゼバスティアンに、こっちへ来いといって、抱きしめ、「海の馬鹿野郎」と大声で叫んでひっくり返った。あとで漁師たちがおじを担いで釣り舟から下ろした。

葬儀のあった夜、ゼバスティアンは起き上がって、寝間着のまま湖に下りていき、小桟橋にすわった。こっそりここに残れないかな、と思った。右の翼棟の奥まったところに、造りつけの戸棚からしか入れない小部屋がある。あそこなら理想的だ、と思った。料理女もその小部屋のことは知らない。あそこに隠れて、友だちに頼んで食べ物を運んでもらえばいい。大人になったら、この家を取り返すんだ。

父はいっていた。

「この邸宅は永遠にここにある。わたしの両親も祖父母も、そして先祖が代々ここで暮らしてきた。ゼバスティアン、おまえも、そしておまえの子どもたちも、孫たちも、ここで暮らすことになるだろう。帰るところのない人間は根無し草になる、こういう古い家で暮らすのは大変でもあるがな」

ゼバスティアンはそのことを思いだし、計画を立てながら、いつのまにか小桟橋の上で眠っていた。

7

父を葬ってから二週間後、母は家の片付けをはじめた。これで家財道具から「解放される」と母はいった。

はじめにやってきたのは、ミュンヘンの骨董商だ。髪が薄く、フレームが青色と赤色の読書メガネを鎖で首からかけていた。骨董商は母とともに部屋を次々と見てまわり、ときどき足を止めて、なにかを指差した。骨董商は結局、銀製のカトラリーと、十八世紀の四枚の細密画と、傷のついた額縁に収まった三枚の油絵と、銃と象牙を買い取った。あとで引き取るといって、小切手を切った。

廃棄物回収業者が外階段の前にコンテナーを置き、数人でまる一週間かけて家の中のものをほぼすべて運びだした。コンテナーの中味は毎日二度運び去られた。業者たちは昼にはもう汗臭くなった。上半身には下着しか着ていなかった。慣れてくると、彼らは廃棄物をすぐコンテナーに運ぶことはせず、アフリカの仮面をかぶって奇声をあげたり、槍を庭園の木に投げつけたりして遊んだ。

ゼバスティアンは、母のしていることが理解できなかった。母は〝ゴミ処理〟と呼んだ。父が撮ったスライド、スーパー8フィルム、さらには父の手帳までコンテナーに捨てられた。そして写真や手紙は庭にある天水桶で燃やされた。その数日間、母は「身辺整理、けりをつけるのよ」と口癖のようにいっていた。家の中を歩きまわる母の足音が聞こえた。呼ばれても、ゼバスティアンは答えなかった。

ゼバスティアンは毎日、邸宅の影がかかった外階段にすわり、日が暮れて涼しくなるのを待った。小さな外階段の両袖は砂岩でできていて、レリーフが彫られていた。アナグマ、カワウソ、ビーバー。父はいっていた。家を離れるとき、カワウソの鼻をなでればかならず帰ってこられる、と。

夏休みが終わろうとするある日、不動産屋が来た。車には〝世界じゅうどこでもあなたの希望に応えます〟と書かれていた。不動産屋は邸宅の前に立ち、指で輪を作り、双眼鏡のように構えていった。

「そうですね。家はかなり傷んでいますが、環境がすばらしい。これなら売れるでしょう」

不動産屋は写真をたくさん撮った。そのあと母とふたりでマロニエの下のテーブルをはさんですわった。母がいうのが聞こえた。

「たったそれだけ?」

ゼバスティアンは一瞬、母が家を売るのをやめるかもしれないと思った。

不動産屋が来た翌日、ゼバスティアンは葬儀のあとはじめて自転車に乗って教会を訪ねた。墓地の入口で自転車を降り、砂利道を押した。墓地には先祖代々の墓石が並んでいる。ひとつひとつに名前が彫られていた。父の墓前で足を止めた。だれかが花をたむけていた。ブリキの如雨露《じょうろ》がまだそこに置いてある。膝をつくと、彼は両手で穴を掘った。表土は日を浴びて温かかったが、掘りすすめるうちに、土は冷たく、じめじめしてきた。ゼバスティアンは外階段のカワウソの鼻づらをハンマーでかいてきた。そしてそれを地面に埋めた。「お願いだから、もどってきてよ」ゼバスティアンはつぶやいた。「ぼくひとりでは、とてもむりだ」

夏休みが終わると、母はゼバスティアンを連れてミュンヘンへ向かった。母は車に文句をいった。

「オンボロでいやになっちゃう。今度、新しいのを買うわ」

母は駅前広場に駐車した。

「ごめんなさいね。ホームまで送っていけないの。競技会に間に合わないから」

ゼバスティアンは車から降り、ガラスを下ろした窓越しに母にキスをして、後部座席にのせてあったスーツケースを取った。運転しながら手を振ることはできないからな、と思いながら、走り去る母を見送った。

列車はすぐに見つかり、予約席にすわって窓の外を見た。ズボンのポケットに入れた父のシガーケースを手で探り、親指で翡翠をなでた。デスクの背後の壁が脳裏に浮かんだ。そこはすでに塗り直してある。列車が駅をでると、シガーケースを目の前の折りたたみ式のテーブルに置いた。翡翠は日を浴びて輝いていた。穏やかで、均一な色だった。〝帝の翡翠〟と父は呼んでいた。そのシガーケースは一九二〇年代のもので、蓋の内側に日本の文字が刻まれている。ゼバスティアンはシガーケースを目に近づけた。ときどき翡翠に木や電柱の影がかかり、そのたびに色合いが変わった。

邸宅がまぶたに浮かんだ。子ども時代の深緑色。明るい日々。その色はすべてをおおうほこりのにおいがした。それは刈り取られたばかりの午後の草や、雨上がりのタイム、小桟橋の厚板のあいだから顔をのぞかせる葦のにおいでもあった。ゼバスティアンは、母が昔着ていたシルクのドレスを思いだした。それから日を浴びた母の肌や、父の書斎にかかっていた氷海の絵。もはやなにが現実か判然としなくなっていた。そして自分がなにになるべきかもわからなかった。

8

緑

寄宿学校で過ごしたそれからの数年、ゼバスティアンは時間さえあれば図書館を訪れ、読書にふけった。インドを訪ね、シエラネバダ山脈やジャングルに分け入った。あるときは犬ぞりを走らせ、またあるときは龍にまたがったり、鯨を捕獲したりした。彼は船乗りであり、冒険家であり、時間の旅人だった。そのうち物語と現実の区別がつかなくなった。

最初に様子が変だと気づいたのは司書だった。図書館の閲覧室で他にだれもいないのに、だれかと興奮して話しているゼバスティアンの姿を何度か見かけたのだ。司書は妙だと思って、校長に伝えた。生徒舎監と教師たちはこの件について話しあい、ゼバスティアンの母にも何度となく電話をかけ、医者に診せる決断を下した。

担任の修道司祭はゼバスティアンを連れて州都に出た。

「これから有名なお医者さんを訪ねる。大学教授でもあるんだ」

その医者は太っていて、エンドウ豆のスープのにおいがした。とても高齢だった。だが医者には見えない。クリニックも病院らしくなかった。壁にアフリカの仮面がかけてあり、デスクには骨で作った首飾りが置いてあった。ゼバスティアンは五度にわたって修道司祭といっしょにその太った医者のいる町を訪ねた。素敵な遠出だった。医者に会ったあと、修道司祭はいつもゼバスティアンといっしょにカフェに入って、好きなケーキを選んでいいといった。

太った医者は最後の診察で、ゼバスティアンはもう来るには及ばないといった。そして修道司祭となにか話した。ゼバスティアンは気になったが、ふたりは彼の知らない言葉ばかり使った。太った医者は〝幻視〟とか、そういう難しい言葉を並べ立てた。

クリニックの外で、ゼバスティアンは、太った医者がなにをいったのか修道司祭にたずねた。自分が病気ではないかと不安だったのだ。修道司祭は、別に深刻なことではない、とゼバスティアンを慰めた。

「きみはその場にいない人間やものが見えると思っているんだ。子どもにはよくあることだよ。現実と頭の中のものをはっきり区別できない。生まれついてのものさ。やがて成長とともに区別できるようになる」修道司祭は悲しそうな顔をしていった。それからふたりは、いつものようにカフェに入った。ゼバスティアンはマーブルケーキを選び、修道司祭はビールを注文した。

ゼバスティアンは、自分の中のなにが〝生まれついてのもの〟なのかわからなかった。料理女は指が一本曲がっていて、「これは生まれついてのものよ」といっていたが、治りはしなかった。曲がっていて醜いものを頭の中に抱えるのはごめんだ、とゼバスティアンは思った。寄宿学校にもどる途中、彼はずっとそのことで頭を悩ませた。結局、今までどおりオデュッセウスやヘラクレスやトム・ソーヤーとおしゃべりしようと決心した。だがそのことはだれにも話さないことにした。気をつけるにこしたことはない。

湖畔の家を売り払ったあと、母はフライブルクの近くで近代的な馬場を賃借りした。そしておなじフライブルクに居を構えた。壁の薄い、車二台分のガレージがある一戸建てだった。

厩舎には十二頭分の馬房があり、屋内馬場と障害馬術の練習馬場が備わっていた。厩番がひとりいて、毎日、厩舎の通路や馬具置き場や中庭を掃除した。どこかに蜘蛛《くも》の巣を見つけると、母はすぐに注意した。

母は毎朝六時に起床して、午後までかけて十二頭の馬すべてに乗った。春から秋にかけ週末といえば馬場馬術競技会に出場し、一度、障害馬術のドイツ選手権で二位に輝いた。母は湖畔の家と森を売った金で生活していた。

ゼバスティアンは長期休暇のときにしか帰らなかったので、母が変わっていくのがよくわかった。顎と鼻がとがり、口が小さくなり、前腕の静脈が浮きでてきた。

母の許に帰ったとき、ゼバスティアンは小さな屋根裏部屋で寝起きした。夏は息苦しく、冬は暗かった。彼が不在のあいだは、母はその部屋を事務所として使った。彼の持ち物は箱ふたつにしまわれ、納戸に置かれた。

休暇中、ゼバスティアンはいっしょに競技会をまわった。馬場はどこもドロドロしていた。馬運搬用トレーラーのわだちの跡が水たまりになり、天幕の中はタマネギと焼けた脂のにおいが充満している。夏には草地の馬糞が乾燥し、熱気で人々はみな赤ら顔になり、馬の汗のきついにおいが空気中にただよう。男たちは競技馬場のまわりに並べられた折りたたみ椅子にすわり、妻や娘の戦いぶりを観戦する。騎乗者はみな、独特な言葉を使う。はみを受ける、斜《なな》め横歩《よこあし》、踏歩変換、伸長速歩。ゼバスティアンは、騎乗する女たちが馬の中毒にかかっているとしか思えなかった。

母は彼とほとんど話をしなかった。乗馬のあとはいつも疲れていた。膝が痛い、背中も痛い、両手も痛い、体がぼろぼろだ、とぼやいた。首に絶え間ない負担がかかり神経が細くなっている、と医者から注意を受けた。このまま馬術競技をつづけるのは体によくない、危険を冒しすぎだ、というのだ。母の我慢は一週間しかもたず、また馬に乗った。

「乗るしかないのよ。どうしようもないの」と母はいった。

ゼバスティアンが十六歳のとき、母から新しい恋人を紹介された。年齢は四十代半ばで、頭半分、母よりも背が低かった。短い灰色の髪、濃い眉毛、そして指にはマニキュアをしていた。母と恋人は、寄宿学校から帰ってきたゼバスティアンを駅で出迎えた。

三人で食事をしよう、と母の新しい男はいった。彼の運転で、とあるレストランへ向かった。最高のレストランで、おれのボスも食べにくる、と男はいった。メニューにはこんな謳《うた》い文句がのっていた。〝元肉屋の建物を世紀転換期のフランス風カフェの様式に改装して〟、〝フライブルクの中心で本格フランス料理〟を提供する料理店だという。席はぎゅうぎゅう詰めで、あまりに多くの人がその空間に押し込まれ、椅子は座り心地が悪かった。そしてひどくうるさかった。母の新しい男は、ここの料理はすばらしいんだ、と大きな声でいった。給仕人は男を名前で呼んだ。男は時計を見てから、なにがうまいか知っている、と断って勝手にどんどん注文した。料理がでてくるのを待っているあいだ、男は石膏ボードの販売代理人で〝大儲け〟しているとゼバスティアンにいった。

「地元の大衆紙におれの紹介記事がのったこともある。スウェーデンの自動車販売会社の支店をフライブルクに開店させるために奔走していたときだった。その会社は結局、ちがう判断をしたけど、新聞記事にはおれが〝遣り手〟だって書かれた」男は眉を上げ、自嘲気味な言い方をしたが、ゼバスティアンは、じつは自慢なんだなと思った。母は黙っていた。その話を知っているようだった。

「なんにでも犠牲はつきものだ」遣り手男はいった。「だが一旗揚げれば、それまでなにをしてきたかなんて関係ない」

遣り手男は母の太腿《ふともも》に片手を置いて、母の服の襟ぐりを見つめた。だれも注文していないのに、給仕人が赤ワインの〈クロ・ド・ボージュ〉を一本持ってきた。

「すこし飲んでいいぞ」遣り手男はゼバスティアンにいった。「今日のお祝いだ」

ゼバスティアンは、水をもらえないかとたずねた。

遺り手男はテーブル越しにゼバスティアンに向かってがなった。「将来はなにになるつもりだ?」

ゼバスティアンは肩をすくめた。遺り手男はソルトミルをいじった。体は太っていないのに、指が太かった。手首には金の腕時計を巻いている。カバーのガラスには、日付部分のためにサイクロプスレンズがついていた。遺り手男の口元にはつばがたまって乾いていた。ゼバスティアンは男の口を見ていて、母の口を思い浮かべた。

「なんの計画も立てていないのか? あんなに学費が高い学校にいて、計画を立てていない?」遺り手男はたずねた。

ゼバスティアンは答えなかった。

「それはなんだい?」そうたずねて、遺り手男は椅子にかけてあったゼバスティアンのコートをつかんだ。ゼバスティアンが列車の中で読んでいた本がポケットからのぞいていた。

「風が落とせし光」遺り手男がゆっくり書名を声にだして読んだ。「なんだこりゃ?」遺り手男はゲラゲラ笑いながら、本を高く持ち上げた。

「詩集です」ゼバスティアンはいった。遺り手男の手から本をひったくった拍子に、グラスを倒してしまった。こぼれたワインがテーブルクロスにしみ込み、遺り手男のズボンにこぼれ落ちた。ゼバスティアンは謝って、新鮮な空気を吸ってくるといった。

ゼバスティアンは店の外にでた。浮浪者がバス停のゴミ箱をあさっている。ボディがとても長い、ぴかぴかに輝く乗用車が音もなく目の前を走りすぎる。路上の空気は淀《よど》んでいて、アスファルトとガソリンのにおいがした。女性がひとり、彼のそばを通った。携帯電話に向かって「彼女、独身が長かったものね」と叫んだ。ゼバスティアンは矢継ぎ早にタバコを二本吸った。寄宿学校の自分のデスクの前には、ウェールズの緑色の漁師小屋を写した写真がかけてある。ディラン・トーマスが詩作にふけった場所だ。ゼバスティアンの脳裏には今、その漁師小屋のことが浮かんでいた。

席にもどると、遣り手男がゼバスティアンのために注文した〈ギャロウェイ牛の手作り肉団子〉がすでに冷めていた。

遣り手男は猛スピードで家まで車を走らせた。ゼバスティアンはシートベルトで首をしめつけられた。遣り手男と母はそのままベッドに直行した。ゼバスティアンはもうしばらく詩集を読んだ。それから立って、タバコを吸うために庭へでた。家の中ではタバコを吸うな、と母に禁じられていたからだ。

寝室の明かりがともっていた。遣り手男が裸のままベッドの前に立っている。母は眠っている。遣り手男はビデオカメラを手にしていた。撮影中を意味する赤いダイオードが光っている。男はもう一方の手で自慰にふけっていた。ゼバスティアンには、その大きな横長の窓ガラスに映る自分が見えた。

ゼバスティアンは屋根裏部屋に上がって、窓の前のプレキシガラスのデスクに向かった。手紙を書きたいが、だれに宛てて書いたらいいか思いつかない。鉛筆の先端を見つめ、それからいつもハイキングに持ってあるくオピネルのフォールディングナイフをスーツケースからだした。左手の人差し指の丸い先端をそのナイフで切った。血があふれだし、デスクに血の滴《しずく》が落ちるのを観察する。その一瞬、自分が生きているのを実感した。それから浴室へ行って、傷口に包帯を巻いた。

ゼバスティアンの母と遣り手男はちょうど一年後に結婚した。披露宴は、遣り手男が販売代理人の会議で知った古城ホテルでひらくことになり、新郎新婦は先に馬車に乗って結婚登記所へ向かった。母は白い花嫁衣装で着飾った。ホテルの前に天幕が張られ、呼ばれた芸人がワンマンショーを披露し、ハモンドオルガンでダンスの伴奏をした。城内の寄せ木張りの床はデリケートなので、ダンスは屋外でお願いします、とホテルの支配人からいわれていたからだ。

結婚のワルツを踊るため、遣り手男は事前に講習を受けた。それでもステップをまちがえ、ダンスフロアに無様に転がった。音楽が一瞬止んで、女性がひとり、はっとして口に手をやった。遣り手男は起き上がったが、ズボンはすっかり汚れてしまっていた。招かれた客たちが拍手を送り、ほろ酔い気分の男が、幸先よろしい、と叫んだ。みんな、一斉に笑った。

ゼバスティアンは天幕からでた。そのとき、母の声が聞こえた。遣り手男の腕をつかんで、外に連れだしたのだ。ふたりは口論していた。遣り手男は、はげしくかぶりを振り、腕を振りほどいた。

遣り手男はそのままライトアップされた城へと階段を上った。よく見ると、足を引きずっている。城の玄関の手前の階段で猫が一匹うたた寝しながら、脚を動かしていた。遣り手男はあたりをうかがってから、エナメル靴の先端で猫の腹を蹴った。

緑

10

二年後、ゼバスティアンは大学入学資格試験を受けた。修道司祭は修道院付属教会の祭壇に立ち、生徒たちの今後の幸運を祈った。長ったらしい説教で、毎年、おなじ内容だった。大学入学資格試験の受験者は今日をもって卒業する。これからは、過ちは自分で償《つぐな》わなければならない。今日から人生がはじまる。どうかこの世を今よりもよくして命を全うしてほしい、と。説教のあと、在校生たちがシューベルトのピアノ五重奏曲〈鱒〉を二楽章分演奏した。

母は来ることができなかった。「神経痛なの」と言い訳した。

ミサのあと、ゼバスティアンは自分の部屋にもどった。卒業式前の最後の一週間、寄宿学校の廊下に大手企業がブースを並べていた。ゼバスティアンはいくつかの職業訓練プログラムや専門学校から声をかけられ、洗剤メーカーからは奨学金の申し出を受けた。彼はデスクに向かった。そこからはルクマニア峠を望むことができる。ラインヴァルトの谷底をハイキングしたことや、サンジャコモ谷のマロニエの森で見た、樹幹を過ぎる太陽のことを思った。寄宿学校で暮らしてほぼ九年。彼は名刺の束を手に取って、ゴミ箱に投げ捨てた。

ゼバスティアンはフライブルク行きの列車に乗り、フライブルク駅でバスに乗り換えて、さらにおよそ一キロ、スーツケースを抱えて家まで歩いた。ベルを鳴らすと、母の新しい犬が吠えた。照明がともり、遣り手男が犬を怒鳴りつけるのが聞こえた。母がドアを開けた。首にコルセットをつけていた。

「帰ってくるのは明日だと思っていたわ。カレンダーの書き込みをまちがえたようね」それから母は寝室にもどっていった。「首が痛いのよ」といって。

ゼバスティアンはキッチンでパンを切った。すると、遣り手男がやってきて、いっしょにテーブルに向かって椅子にすわった。

「これからどうするつもりだ?」遣り手男はたずねた。「なにかしなくちゃな。どうなんだ?いつまでここにいるつもりなんだ?」

「明日話すよ」ゼバスティアンはいった。

「いいや、今聞きたい。おまえに起こされちまったからな」遣り手男は目を腫らしていた。

「今日は長旅で疲れているんだ。それにもう夜遅いし」ゼバスティアンはいった。彼は落ち着いていた。これからなにが来るかわかっていた。

遣り手男は飛び上がった。テーブルをまわり込み、ゼバスティアンの椅子の横に立った。遣り手男の頸動脈がどくどく脈打っている。遣り手男に最後に殴られたのは、一年前のことだ。そのときゼバスティアンは寄宿学校で付き合っていたガールフレンドを訪ねて、イタリアに行きたいといった。しかし遣り手男は首を縦に振らなかった。ゼバスティアンはかっとして遣り手男の車のキーを排水口に投げ捨てた。遣り手男は路上でゼバスティアンの頰を張った。「しつけがなっていない。ただじゃおかない」と叫んだ。通行人が後ろを振り返った。ゼバスティアンの母はそのとき、そばに立ったまま、なにもいわなかった。

ゼバスティアンはパンを置いて、ゆっくり立ち上がった。身長は遣り手男よりも頭一つ半大きかった。それにこの三年、寄宿学校で毎日一時間ボクシングのトレーニングをし、アイスホッケー部に入り、登山ツアーにも参加していた。体はしなやかで、頑丈だった。こいつ、夜も腕時計をつけたままなのか、とゼバスティアンは思った。

遣り手男はゼバスティアンを見つめたまま、どうしたらいいかわからないようだった。そして観念して、椅子にどさっと身を沈めた。表情から険しさが消え、目もうつろだった。

ゼバスティアンは、遣り手男の髪が薄くなったことに気づいた。パンをのせた皿を取ると、ドアのところへ行き、部屋の明かりを消した。

次の日、ゼバスティアンは朝早く起きて、市内にでかけた。何冊か本を買い、展覧会をのぞき、カフェに入った。そうやって時間をつぶした。午後の早い時間に家に帰ると、母がデッキチェアに寝そべっていた。芝生は短く刈り込まれていた。母は毎年、窒素肥料を与えていた。母はサングラスをかけ、いまだに首用コルセットをつけていた。コルセットの縁が白粉《おしろい》で茶色く染まっていた。そのときはだけたバスローブを整え直し、サングラスをはずした。

ゼバスティアンは母を見た。母も彼を見た。

母は裸足だ。足指は乗馬靴のはきすぎで曲がっている。デッキチェアの帆布《はんぷ》は黄色く、母の脚は白くて、血管がたくさん浮きでていた。これだけ時がたち、湖畔の家も明るい日々も失われた今となっては、もはやなにもいうべきことはない。ゼバスティアンは自分の人生を歩みはじめる。母もまた自分の人生をつづけることだろう。ふたりはそう決心していた。罪を問うなんて、いまさら愚かしいことだ。

ゼバスティアンは母にうなずきかけた。それが彼のしたすべてだった。それからテラスへ通じるドアをそっと閉めた。音をたてたくなかった。自分の屋根裏部屋に上がると、息が詰まって窓を開けた。畑を吹き抜ける風が、ヒヤシンスとアイリスの香りを運んできた。ゼバスティアンは服を脱いでベッドに横たわった。緊張したせいで筋肉が痛かった。母が庭を行ったり来たりしている足音が聞こえた。

11

写真家はゼバスティアン・フォン・エッシュブルクを親しげに出迎えた。ふたりは同窓会で知りあった。写真家は三十年前、エッシュブルクのいた寄宿学校で大学入学資格試験を受け、その後、デュッセルドルフ美術アカデミーで学び、一九八〇年代に写真集を数冊出版していた。熔鉱炉、給水塔、ベルトコンベア、ガスタンクを写した大判のモノクロ写真だ。写真集にのせられた施設の大半がもはや存在していなかった。写真家はそれらの写真で名を知られるようになった。エッシュブルクは工場写真、灰白色の空を背景にした、人物の写っていない硬質な写真が好みだった。写真家は建築写真雑誌を編集し、たくさんの委員会に名を連ね、コンクールの審査員も務めていた。また撮影技術に関する本を何冊も刊行し、膨大な技術的知識を有し、ドイツ最大の新聞で定期的に写真のレビューを書いていた。建築家や雑誌から依頼された仕事で生計を立て、住宅や事務所の写真を撮っていた。彼の写真には欠点がなかったものの、国際的な評価を受けるには至っていなかった。そんな評価などどうでもいい、と本人はいっていたが、じつはそのことで傷ついていることに、エッシュブルクはのちに気づくことになる。

写真家はまた、ベルリンで四軒の小さな写真スタジオを経営していた。彼の名は表にでず、自分でシャッターを切ることもなかった。これが一番の稼ぎ頭さ、と写真家はいった。写真スタジオではパスポート用写真やポートレート写真を撮り、結婚式、会社創立記念日、誕生パーティ、卒業式の記念写真撮影の依頼を受けた。

写真家はエッシュブルクに、その仕事を受け持たないかと声をかけたのだ。エッシュブルクはシャルロッテンブルクで家具付きの小さな部屋を借りた。はじめのうち、写真家が支払ってくれた給料は雀の涙くらいの額だったが、それでも暮らしていけた。最初の数ヶ月、エッシュブルクは写真集や手に入るかぎりの写真に関する書物を読みあさった。レンズ、露出、絞り、フィルター、アナログカメラとデジタルカメラにおけるシャッタースピード、大判、中判、小判など写真に関わるあらゆることを体系的に学んだ。スタジオのラボでフィルムを現像し、標準の現像液と酸性過多の現像液についてメモをし、現像停止液の酢酸とクエン酸、あるいは定着液のチオ硫酸ナトリウムとチオ硫酸アンモニウムの違いを実験した。写真家はいい教師だった。ふたりは写真の歴史について語りあい、いっしょに展覧会や画廊の展示を観にいった。写真家は気分屋で勝手なところもあったが、それでもエッシュブルクは彼のそばにいるのが楽しかった。

写真撮影は、エッシュブルクにとってただの仕事以上の存在だった。モノクロ写真しか撮らず、そのあとチオ尿素と水酸化ナトリウムで焼付けをおこない、彼の脳内で他のすべての色が落ち着く、柔らかく、温かいトーンを得るまで実験を繰り返した。写真家はエッシュブルクにいった。

「きみは革命的だ。芸術は挑発し、既存のものを破壊しなければならない。それが真実への道だ」

しかしエッシュブルクは芸術家になるつもりはなかった。写真で別の世界を創りたかっただけだ。流れるような儚《はかな》く温かい世界。そして数ヶ月後、自分の写真に写されたモノや人や風景になら、耐えられるようになった。

エッシュブルクは稼ぎ頭の仕事もよくこなした。そういう日常の仕事も写真家から学びたかったからだ。エッシュブルクが写真家のところで働きだして六ヶ月がたったとき、化粧品店の女性経営者が写真スタジオの一軒を訪ねてきた。自分のヌード写真を撮りたいという。年齢は四十代半ば、数ヶ月前に夫と離婚していた。写真は新しい恋人のためだといって、頬を赤らめた。

エッシュブルクは撮影の手伝いをした。いつもとおなじ手順だ。腹部の産後しわにはチュールベールをかけ、顔のしわにはソフトライトを当て、臀部、大腿部、腹部にはソフトフィルターを使い、胸を上げるのに透明テープを利用した。

撮影が終わると、エッシュブルクは女の客に、何枚か別に写真を撮らせてほしいと頼んだ。女はうなずいた。エッシュブルクは安く買った中古のハッセルブラッドをだしてきた。彼はこのカメラが好きだった。写真を撮る側がモデルを直接見ないですむ。視線はミラーを介するので、それほど容赦ないものではない。エッシュブルクはフィルムを装塡し、アトリエのカーテンを開けて、人工光を消した。女の客には化粧を落とすように頼んだ。その日は朝から雨模様で、午後の光は淡かった。明るめの灰色だ。

エッシュブルクは女と話をした。写真をはじめたばかりで、まだ自信がない、と。女は緊張をほぐした。一時間後、女はイメージ通りになった。すばやく十二回シャッターを切る。三脚は使わなかった。

写真にはベッドの上で膝を抱えている女が写っていた。布が何枚も床に敷かれ、女は窓の外を見ている。四角く切り取られた日の光がシーツと女の顔に当たっている。女の体は暗く沈み、額だけが際立って明るかった。四十六歳の女の品位が傷つけられていた。

二日後、女は恋人のために撮った写真を受けとりにきた。できあがった写真をすぐバッグにしまった。エッシュブルクは女に自分の写真を見せ、代金はいらないといった。女は立ったまま写真を見た。一枚、また一枚。それから裏返して、破り、カウンターに置いた。女はエッシュブルクの前に立ったまま、いったん口を開けたが、なにもいわなかった。

写真家は年々様子がおかしくなっていった。注意散漫になり、暴食がたたってしだいに太ってきた。ある日、自分が写真の納期を忘れたのに、従業員にあたり散らし、ドアを力任せに閉めた。次の日、写真家は謝った。

「八つ当たりしてすまなかった。人生が指の間からこぼれ落ちていくものだから」

写真家には、写真の仕事にまったく関心のない娘が三人いた。妻と別れないのも、そのほうが快適で、ひとりでは寂しいからだ。エッシュブルクはときどき、写真家が自分に、授かることのできなかった息子を見ているような気がしてならなかった。

エッシュブルクは、写真家が納期に遅れそうになるのを何度救ったかしれない。何度も徹夜をし、約束の期日に写真を納めた。四年後、写真家にいった。

「ここを出て、もっとちがうことを試そうと思います」

写真家はかんかんになって怒った。

「おまえを一人前にしたのはおれだぞ。おまえにすべてを教えた。おれがいなかったら、おまえなんてただのクズだ」

そういったとき、写真家は顔を紅潮させ、口を思いっきり引きしめていた。

その日の午後早くに、エッシュブルクはずっと住まいにしていた家具付きの借間にもどった。窓辺にすわって、通りを行き交う人たちを見つめた。写真家がかつて撮ったすばらしい写真のことを思った。そこには真実があった。写真家がいなくなっても、その写真は後世に残るだろう。写真家は人生を浪費しなかった。若い頃は非常に優れていた。年をとっても、他の写真家よりはるかにいい仕事をしていた。

エッシュブルクは写真家に長い手紙を書いた。何時間もデスクに向かった。しかし最後にその手紙を破って捨てた。

12

エッシュブルクは、ベルリンのミッテ地区で見つけた二階建ての工場を借りた。リーニエ通りに建つ集合住宅の中庭に建っていた。以前は傘を製造していたが、ドイツ再統一後、廃業していた。高窓があり、壁は赤色と黄色のレンガ造り。家賃は高くなかった。

一階をアトリエ、二階の半分を住居にして、自分の持ち物を運びこんだ。本を入れた段ボール箱を二階に運び上げていたとき、二階のもう半分の居住スペースに住む女が出てきて、はじめて顔を合わせた。ふたりは階段の踊り場であいさつした。

エッシュブルクは知り合いの編集者や建築家に片っ端から電話をかけ、独立したことを告げた。すこしずつ仕事が入った。商品カタログの撮影、新築の建物のルポルタージュ、たまには市立博物館で収蔵品の撮影もした。写真家のところで働いていたとき、彼はほとんど金を使わなかった。多くを必要とせず、独り立ちしたことを楽しんだ。

住まいには古い安楽椅子があった。だれかが粗大ゴミとして路上に捨てていたものだ。黒いクッションはすり切れているが、まだまだ快適にすわれた。住まいには他に鉄製の椅子が二脚と、粗削りな木のテーブルと、本棚とベッドがあるだけだった。

　エッシュブルクはあるとき映画雑誌の編集者から、ある有名な女優を記事にするので写真を撮るように頼まれた。女優は化粧をせずにあらわれ、自転車をこいできたので上気していた。そして白いブラウス姿だった。エッシュブルクは彼女をあるがままに撮影した。撮影は十五分もかからなかった。

　エッシュブルクは運がよかった。女優はその写真を気に入って、ウェブページに掲載した。女優は映画関係の仲間や友人にエッシュブルクをすすめた。

　まもなく映画監督、俳優、スポーツ選手、歌手が客になり、それから政治家や経営者や起業家まで撮影を依頼してきた。エッシュブルクは、カメラに収まった人々が有名だったので、名を知られるようになった。

　三年後、二冊の写真集を出版した。数百枚のモノクロのポートレートを撮影して、さまざまな町で個展をひらき、写真が音楽ＣＤのカバーやポスターに使われ、雑誌に掲載され、レストランに飾られた。彼は写真で高額のギャラを得られるようになった。まだ二十五歳になったばかりだった。

　彼の世界は変わった。毎日一時間かけてＥメールの返事を書き、二時間かけて予定の調整をした。写真の著作権管理はエージェントに任せ、他のエージェントにウェブページの管理を委ね、カメラメーカーと宣伝契約を取り交わした。旅が多くなり、ホテルで目を覚ましたとき、どこの町にいるのかわからないこともあった。ベッドからでるのをやめて、すべてが終わるのを待ったほうがよさそうだ、と思うこともあった。

13

リーニエ通りに引っ越してから四年後、ある女性がエッシュブルクのスタジオに電話をかけてきて、時間をとってくれないかとたずねた。近くに来ているので、できれば立ち寄りたいという。女は、フランスの電力会社の名を告げた。三十分後、女がベルを鳴らした。薄い黄色のドレスを着ていて、髪をアップにしていた。

「ソフィアと呼んで。名字は発音しづらいの」女の手は温かかった。名刺にはPR会社社長とあった。コンサルタントをしている電力会社が女性の顔をアップにした写真でキャンペーンをしようとしているという。その宣伝用写真を撮ってみる気はないかというのだ。

「どうしてわたしに?」エッシュブルクはたずねた。

彼女は微笑んだ。「あなたの有名なポートレート写真が気に入ったわけじゃないのよ。数年前、あなたの前の雇い主のところであなたの写真を見たことがあるの。あなたはその日、出勤していなかった。写真はあなたの部屋にかかっていた。女性を撮った小さなモノクロ写真」

エッシュブルクは、写真家が経営する稼ぎ頭のスタジオで撮ったあのヌード写真を今でも大事にとってあった。その一枚はデスクの壁に貼ってある。

「そう、それ」そういって、ソフィアはその写真を指差し、デスクのところへ行って写真を見た。

エッシュブルクは横に立った。ソフィアは前屈みになっていた。うなじが細かった。

「この写真が好きなの。本当よ。まさにこういう写真がキャンペーンに欲しいの」ソフィアはいった。急に振り向いたので、顔が触れあいそうになった。ふたりは一瞬、その状態で固まった。

「他の写真も見せて」彼女はいった。

エッシュブルクはこの数年、撮りためた写真をデスクに並べた。ソフィアは一枚ずつ手に取って、ときどきいった。「いいわね」彼女は自分の評価に自信を持っていた。

「コーヒーはどう？」エッシュブルクはたずねた。

彼女は首を横に振った。写真に夢中になっていて、他のことは受けつけないようだ。三十分後、写真を選んだ。

「この写真を持っていってもいい？　あとで返すわ」彼女はいった。高窓から差し込む光が彼女の顔を照らしていた。

「あなたを撮ってもいいかな？」エッシュブルクはたずねた。

彼女は笑った。「別のドレスを着なくちゃ。これじゃ、あんまり……」

「いや、いいんだ。今、撮る。きっといいものになる」

エッシュブルクは10×15インチ判フィールドカメラを上の住まいからとってきた。木製のカメラで、数年前、蚤《のみ》の市で見つけて買ったものだ。彼はときどきそのカメラで写真を撮っていた。重いところが気に入っている。扱いが難しく、撮ったフィルムを暗室で現像するのも厄介だが、そこがいい。彼はそのカメラを現行のサイズのシートフィルム用に改造していた。

「動かないで」そういいながら、カメラを三脚にネジ止めし、フィルムカセットの用意をした。「一秒だけだ。このカメラは被写界深度が浅くて、動くと、写真はだめになる」

ソフィアはスタジオの奥の壁を背にして立つと、ドレスのファスナーをおろして、するりと床に落とした。そして服をすっかり脱いで、粗削りなレンガ壁の前に裸身をさらした。三十代半ばとは思えない、若い娘のような体つきだった。

エッシュブルクがシャッターを切ると、なにか飲み物をもらう、と今度はソフィアからいった。エッシュブルクは冷蔵庫から水のボトルを持ってきた。彼がもどると、ソフィアは服を着ていた。目を閉じて水を口に含んだが、飲み下しそこねて、こぼれた水が首筋を伝った。彼女は手の甲で口をぬぐった。

三十分後、ソフィアは去っていった。デスクには電力会社との契約書と彼女の名刺が残されていた。名刺の裏には、彼女の携帯電話番号が手書きで加えてあった。


この数年、エッシュブルクの人生にはたくさんの女性があらわれては消えた。彼は女に好かれるたちで、さして難しいことではなかった。女たちとは寝たが、心を動かされることはなかった。たいていの場合、二、三日もすると、女の名を思いだせないほどだった。偶然に再会する機会があると、彼は慇懃《いんぎん》だが、よそよそしく振る舞う。女性を好きになったと思ったことが二度あるが、その気持ちは一週間ともたなかった。

エッシュブルクはその夜のうちにソフィアの写真を現像して、引き伸ばした。だが修正は一切ほどこさなかった。できあがったプリントはスタジオの壁にかけた。背景はぼけていて、暗い。髪の毛が数本額にかかっている。アップで捉えた彼女の顔は、白かった。

腕を切り取ったフレーミング。彼女は彫像のようだった。

14

数日後、ソフィアはエッシュブルクに電話をかけてきた。

「週末はパリにいるの。うちの会社で夕食会を手配しているのよ。ぜひ来てくれないかしら。すべて、電力会社もちよ」

エッシュブルクはスーツケースに荷物をまとめ、彼女の写真をシャツの上にのせた。

シャルル・ド・ゴール空港の到着ロビーに、彼女の姿はなかった。エッシュブルクは自動ドアの前に立った。ビジネスマンが先を争ってでていく。エッシュブルクはだれかのキャリーバッグに足を踏まれた。ロビーで子どもが泣いていた。

エッシュブルクは金属製のベンチにすわり、バッグを開けて写真を見た。

「いい感じになったわね」ソフィアがいった。いつのまにか隣にすわっていて、彼の頰にキスをした。

ソフィアはレンタカーを借りていた。

「夏のパリは耐えられないわ。海辺のドーヴィルは今、とっても素敵よ。夕食会は二日後なの」

ソフィアは小さな車を猛スピードで走らせ、途中、顧客と電話で話をした。電話をふたつ持っていて、とっかえひっかえフランス語、英語、アラビア語、ドイツ語を使い分ける。エッシュブルクは窓の外を見た。いつしか話を聞くのをやめていた。まちがいを犯した、と思った。どうしてこの女の横で車に乗っているのかわからなくなった。

ソフィアは海岸通りを走るといった。だがドーヴィルの手前三十キロのところで激しい雨に襲われ、車は立ち往生した。木の下に車を止めると、ソフィアは彼のほうにおおいかぶさるようにしてキスをし、彼のズボンのファスナーを開けた。エッシュブルクは痛いくらいに勃起していた。ソフィアがまたがった。エッシュブルクはシートの背もたれを後ろに倒した。後ろの窓の向こうに、やはり雨宿りしている自転車乗りの姿があった。髪の毛が顔に張りついている。自転車乗りはエッシュブルクとソフィアを見ていた。エッシュブルクは目を閉じた。ソフィアは彼の上に体を横たえた。彼女の顔が自分の顔の横にある。彼女の動き、彼女のにおい。違和感があった。車の窓ガラスが湿気で曇っている。三十分後、雨脚が弱まったので、また車を走らせた。

ドーヴィルのホテルはすべて満室で、空き部屋があるのはみすぼらしいペンションだけだった。ふたりは海まで歩いた。小糠雨《こぬか》の中、ベンチにすわっても、互いに触れあうことはなかった。

ペンションにもどり、ふたりで眠ってしばらくして、エッシュブルクは起き上がった。ちっぽけなバルコニーにでると、背後でドアを閉めた。空は黒く、海との境界線が判然としない。もうすぐまた雨が降りだしそうだ。ペンションのネオンサインが、頭上の壁で光っている。パリにもどる列車があるかどうか考え、このまま駅へ行って、様子を見てみようと思った。部屋に入ると、薄闇の中、服を探し、身につけた。

「行かないで」ソフィアはいった。

「面倒くさいんだ」エッシュブルクはいった。手に靴を持っていた。

「そういうものでしょう」彼女はいった。「来て」

エッシュブルクは服を着たままベッドに乗ると、彼女の隣に横たわった。木製のブラインドの羽根にのったほこりが目にとまった。ソフィアの息づかいは静かで規則正しい。そのうちエッシュブルクは緊張がほぐれた。

彼女はうつぶせになり、両手で頬杖をついた。「あなたって、いつもそんなに気むずかしいの？」

「わからない」

「あなたの写真には気むずかしいところがあるわ。他の人の写真となにかちがうのよね。それがなにかまだわからないんだけど。わたしの父も気むずかしかった。もうとっくにあの世へ行ってしまったけど。あなたの写真のトーン、セピア色よね。セピアがイカ墨のことだって知っていた？　医者はよく鬱病に処方する。つまり心の空虚さ、孤独感に効くといってね。傷つけられた人間の尊厳を癒すんですって」

彼は風と雨の音を聞いた。ふたたび雨脚が強くなり、窓ガラスをたたきつけていた。

「御両親は？」彼女はたずねた。

「母とは連絡を取っていない」エッシュブルクの口が渇いてきた。

「お父さんは？」

彼は答えなかった。それから、今は遠く離れてしまった湖畔の家を思い、ふいに感謝の気持ちが湧き上がった。ソフィアの声に、口に、髪に、そしてブロンズ色の温かい肌に。

「さっきは自転車乗りがいて興奮した？」彼女はしばらくしてたずねた。

「気がついていたのか？」

ソフィアはうなずいた。それから起き上がり、廊下に通じるドアを開けてから、ベッドにもどってきて、彼のシャツをまくり上げ、ズボンを脱がせた。彼女は彼の胸と腹に口づけし、足のあいだに滑り込んだ。エッシュブルクは彼女を上に引っぱろうとして体を起こしたが、彼女は彼をベッドに押してもどした。彼は彼女の胸を太腿に感じた。ソフィアは自分の顔が彼に見えるように、顔にかかった髪を払った。

エッシュブルクは、なにがなんだかわけがわからなかった。部屋、ソファの上にかかっている絵、鉄の柵をめぐらしたバルコニー。なにを意味するのだろう。なにか意味しているはずだが、皆目見当もつかなかった。

彼が絶頂に達するまで長い時間を要した。

外が明るくなると、エッシュブルクは起き上がって朝食が用意された部屋にクロワッサンとコーヒーを取りにいった。ソフィアはふたたび眠っていた。口を開けているところは、子どものようだ。エッシュブルクはコーヒーを持ってバルコニーにすわった。海辺は雨に煙《けぶ》って暗かった。

15

二週間後、エッシュブルクのアトリエで、キャンペーンガールがレンガ壁を前にしてスツールに腰かけた。いつものようにいい写真が撮れそうだった。エッシュブルクはカメラのファインダーを通して見た。これまでにいったい何回、こういう写真を撮ってきたことだろう。キャンペーンガールは胸と頭を前にだし、首を緊張させて微笑んでいる。顔は完璧に左右対称だ。ネックレスが写真の中で楕円形に見えるようにする。ネックレスはモデルの歯とおなじ明るさにする。シャッターを切る前から、すべてのイメージがエッシュブルクの脳裏に浮かんでいた。そのとき、これを写真に撮るのはまちがいだと思った。これでは、被写体となる人はだれでもいいことになる。

「すまない」彼は小声でモデルにいった。「あなたはとても素敵だが、わたしはあなたを撮ることができない」

キャンペーンガールはそのまますわっていた。そしてマネージャーを見て、微笑むのをやめた。マネージャーが口をだした。しだいに声が大きくなった。支払いがどうの、期限がどうのといって、損害賠償を請求する、弁護士を呼ぶと息巻いた。エッシュブルクはカメラをそっと木箱にもどした。

その日の午後、エッシュブルクは旧国立美術館を訪ねた。目当ての絵は二階に展示してある。記憶していたよりも小ぶりだった。高さ一メートル十センチ、幅一メートル七十センチ。絵の横に説明書きの札があった。

「カスパー・ダーヴィト・フリードリヒ〈海辺の僧侶〉、一八一〇年」

フリードリヒはこの絵に署名を残さなかった。本当は制作年も、題名も不明だ。構図は空と海と岩場といたって単純で、他になにもない。家も木も茂みもない。中央左寄りに、絵を鑑賞する人に背を向けた小さな人物が立っている。垂直の線はそれだけだ。フリードリヒはこの絵に二年を費やした。制作中、鬱病を患っていた。

この絵がはじめて展示されたのは一八一〇年だ。作家のハインリヒ・フォン・クライストはこの絵を鑑賞して、まぶたを切り取られたかのような感覚を味わった、と書き残している。

16

ソフィアとエッシュブルクは毎週末いっしょに過ごすようになった。エッシュブルクは、もうああいう写真は二度と撮らないといった。ソフィアはマドリードに行こうと誘った。見せたいものがあるというのだ。空港でタクシーに乗り、ふたりは美術館に直行した。ソフィアはマドリードで暮らしたことがあった。昔住んでいた家をエッシュブルクに見せ、聞いたこともない広場やカフェのことを話題にした。彼女の声は低く小さかった。当時、年上の男性に恋をしていたという。その恋は三年つづき、そのあと恋人は妻と子どもたちの許にもどった。彼女はパリに居を移し、別の生活をはじめた。

ふたりはプエルタ・デ・ゴヤという入口からプラド美術館に入った。イタリア画家、フランドル画家の部屋を通り抜け、ティツィアーノ、ティントレット、ルーベンスの絵を脇に見ながらまっすぐ、ゴヤの〈カルロス四世の家族〉をめざした。右側の展示室三十六には七十二番と番号がふられた二枚の絵が並べて展示してあった。二枚ともおなじ若い女性を描いている。女性はソファに寝そべっている。左側の絵は着衣で、右側は裸体だ。着衣のほうの靴先は、どの角度から見ても、鑑賞者のほうを向いているように見える。

生徒たちが女教師の前で半円を作って床にすわっていた。女子生徒の中には数人、口紅をつけている子もいる。女教師は生徒たちに、この二枚の絵の違いをあげてみるようにいった。ソフィアがそれを通訳した。

女子生徒のひとりがいった。「服を着ているほうは頰を赤く染めています。恥ずかしいのかなあ。裸のほうは蒼白くて、だれも見ていないですね。変よね。普通は逆でしょう」

女教師が説明した。「ゴヤは〈裸のマハ〉と〈着衣のマハ〉を当時のスペイン首相のために描いたのよ。二枚の絵は交互に、つまり着衣と裸に入れ替わる仕掛けになっていたといわれているわ。首相は自宅の〈エロスの間〉にこの絵をかけていたんだけど、その後、この二枚の絵は異端審問にかけられ、しまい込まれてしまったのよ」

さっきの女子生徒が、〈エロスの間〉ってなにかとたずねたので、女教師はその説明をした。「〈裸のマハ〉は女性の陰毛が描かれた最初のスペインの絵なのよ」と女教師はいった。男子生徒がひじで友だちの脇腹をつついてニヤニヤした。女教師は男子生徒になにかいったが、ソフィアには理解できなかった。男子生徒はさらにニヤニヤして、頰を赤らめた。すると口紅をつけた女子生徒が、子どもね、といった。女教師は立ち上がると、生徒たちを連れて次の展示室へ移動した。

すこしのあいだソフィアとエッシュブルクは二枚の絵の前でふたりだけになった。

マハが描かれる以前、画家が裸の女性を題材にするときは、天使かニンフ、女神、あるいは歴史上の一場面に限られていた、とソフィアはいった。男たちは周囲の目を気にせず、女の裸を見ることができたのだ。

「マハの場合はちがうの。胸が大きく、腰が小さくて、赤い口紅をつけている。マハは自分が美しいことがわかっていたし、なにをしているか自覚していたのよ」

エッシュブルクは、この町でソフィアと寝たという男のことを考えた。別の男が彼女の体に触れた。

「わかるかしら、ドレスの下の彼女の肌、鎖骨、左の眉毛の下にうっすら残る傷痕に。ゴヤはこの絵で当時の男たちの本性を暴いたのよ。男たちが見つめているのはただの女、天使でもなければ、女神でもない。男たちにはもう弁解することができない。裸にむかれたのは男たちで、マハではなかったのよ」

二枚の絵の横のプレートにはスペイン語と英語で、〝マハがアルバ女公爵であるかどうかは不詳〟と書かれていた。

「アルバ女公爵って?」エッシュブルクはたずねた。

「ゴヤの愛人だったらしいわね」ソフィアはいった。「ゴヤは一夏を女公爵の領地で過ごしていてね。女公爵の夫はすでに死んでいた。ゴヤは女公爵のために絵を描いているの。愛の証ね。絵の中の黒衣に身を包んだ女公爵は地面を指差している。そこには〝ソロ・ゴヤ〟、〝ゴヤひとり〟と書いてある。でも、〝ソロ〟には〝～だけ〟という意味もある。女公爵の愛人は〝ゴヤだけ〟、つまり画家だけで、他にだれもいないということ。多くの人が、マハはアルバ女公爵だと思っている。そうかもしれないし、そうでないかもしれない」

ふたりはそれからしばらくその小さな展示室でこの二枚の絵の前にたたずんでいた。暖かかった。ソフィアは横に立ち、元気溌剌としている。その彼女がここではエッシュブルクのものなのだ。そのとき、自分のせいで彼女を失うのではないかと不安に駆られた。

「マハは本物の絵だ」エッシュブルクはいった。


そのあと、ふたりは片っ端から骨董屋を訪ねた。ソフィアは探しているものをようやく見つけた。ブリキの古いシガーケース。蓋には〈裸のマハ〉がプリントされている。色は褪せていた。

「昔はごくありふれたシガーケースだったのよ」ソフィアはいった。その葉巻は「ゴヤ」という名だった。骨董商はいった。「今でもカナリヤ諸島で作られていますよ」

路上で、ソフィアはエッシュブルクと腕を組んだ。

「子どもは欲しい？」いきなりソフィアがたずねた。それ以外、訊くことはないとでもいうように。

エッシュブルクは彼女を見なかった。

年輩の女が歩道の上をショッピングカートを押して歩いていた。カートは錆びていて、車輪がひとつまわらず、まっすぐ押すことができない。ビニール袋と布のバッグでいっぱいだ。女の持ち物はあれですべてだ、とエッシュブルクは思った。

彼はソフィアの体に腕をまわして引きよせた。質問に答えようとすると、彼女が彼のほうを向いて、首を横に振った。

「訊くのが早すぎたわね」そういって、彼にキスをした。

エッシュブルクは自分が煮え切らない、愚かな男に思えた。

ショッピングカートの女が足を止め、地面につばをはいた。

エッシュブルクはポケットに手を入れてタバコを探した。ソフィアは、お腹が空いたといった。

ふたりは、彼女が知っているトレド通りのレストランに入った。二階の壁にはスペインの映画スターの写真がかかっていた。ふたりは熱いオリーヴ油で素揚げしたシシトウ、〈ピメントス・デ・パドロン〉に粗塩をかけて食べた。


ホテルでは開け放った窓から乾燥した街の熱気が入ってきた。

「なんかぼうっとしているのね」ソフィアはいった。「あなたはいつも一部分しかそこにいなくて、他の部分はどこかに行っているのよね」

ふたりは服を脱いで、ベッドに横たわった。

「わたしが愛しているのは、あなたの別の部分。あなたには、なにかが欠けているみたい。あなた、どこかおかしいわ」彼女はいった。

「手伝ってもらおうと思う」エッシュブルクはいった。

「なにを?」彼女はたずねた。

「なにもかもさ」自分でも、どういったらいいかわからなかった。

エッシュブルクは説明することができなかった。イメージや色でなら、考えることができる。だが、言葉ではむりだ。湖畔の家での銃声は言葉にできない。ノロジカの腹を切り裂いたときの光景もそうだ。今はまだむりだ。

「なにを探しているの、ゼバスティアン？　話してくれない？」彼女はたずねた。

彼は首を横に振った。だれも他人のことは理解できないと思った。

「あなたといっしょに生きるのは難しいわ」彼女はけだるそうにいった。

ソフィアとならきっとうまくやれる、とゼバスティアンはふいに確信した。彼女なら、いつかわかってくれるだろう。霧のことも、空虚さも、感覚が麻痺していることも。だがそれでいて、彼はまたひとりになりたいという衝動に駆られ、物事が秩序だてられ、静まるのを待った。

ホテルの前の広場を行き交う観光客のざわめきに、ふたりは耳を傾けた。ソフィアは彼の腕を枕にして眠っていた。エッシュブルクは動くことができなかった。自分の肌に彼女の肌を感じる。ゼニアオイの色が脳裏に浮かんだ。ソフィアは生命が躍動している。エッシュブルクは自分だけが浮いているような気がした。彼は自分が見ているものが現実かどうかも定かでなくなっていた。

いつか彼女を傷つけそうだ。それだけはわかった。

17

ソフィアとエッシュブルクは道に迷ってしまい、十五分遅刻した。道順は決して難しくなかったが、まともな道路も、標示板もなかった。あるのは畑や森を抜ける野道だけ。ようやく湖畔の古い家のそばまで辿り着いた。めざす家は小さく、四角かった。家は丘の上に建ち、森に囲まれている。まわりの樹木は、その家よりも背が高かった。

男はふたりの到着を待っていた。左右に低木を配した外階段を下りてきた。黒い革ジャンに黒いサングラス、家の雰囲気にそぐわない出で立ちだった。男はポルノ映画のプロデューサーだ。たしかにポルノ映画のプロデューサー然としている。しかしサングラスを取ると、灰色の瞳をした、ただの老けた男だった。

ふたりといっしょに階段を上りながら、プロデューサーはいった。

「冬には、タイヤにチェーンを装着するか、ウニモグ（多目的作業用自動車）にでも乗らないと家に辿り着けない。一番近い隣人とは十五キロ離れている。この家には以前、捕鳥者が住んでいた。昔はそういう職業が本当にあったんだ。森で美しく鳴く鳥を捕まえて、町の市場で売っていた。いろいろ調べたことがある」

家に入ると、プロデューサーは革ジャンを脱ぎ、ドアの横にかけた。それからソフィアとエッシュブルクをリビングルームに案内した。ふたりがソファに腰をおろすと、プロデューサーはコーヒーをいれるといって、キッチンへ行った。家は天井が低く、湿った土のにおいがした。リビングルームの壁には、縁なしのフォトフレームにはさんだエキゾチックな鳥の写真が飾ってあった。写真の下にはこんなキャプションがついていた。

〝ジャプラ川、午前六時三十五分〟
〝マンタロ川、午後八時四十九分〟
〝ジュルア川、午後二時十七分〟

すこしして、プロデューサーは盆を持ってもどってきた。コーヒーカップは薄く、互いに当たってカチャカチャ音をたてた。エッシュブルクは、写真がどういう基準で並んでいるのか気になった。

「わからないな」ポルノ映画プロデューサーは、リビングルームにたったひとつしかない安楽椅子にすわってからいった。「どうしてそんな写真を撮りたいんだね。うちのスタジオなんて気に入らないと思うがな。二十年前はもっとちがっていた。だが今は、映画を撮影するのに台本もない。うちで働いている脚本家のひとりは、テレビ局に行ってしまった。今は、病院を舞台にしたドラマシリーズの脚本を書いているよ。今ではだれでも映画が製作できる。家賃を払う金が欲しい主婦は、自分のウェブページとカメラを持っているものさ。プロデューサーとして生き残りたければ、内容を特化するしかない」

プロデューサーは大きな手をしていた。その手をテーブルにのせることはなかった。まるで大きいのを恥じているかのように。彼は自分のところで製作する映画をすべて自ら監督していた。プロデューサーは、ビーネンシュティッヒ（〝蜂の一刺し〟という意味の、ドイツでは定番のケーキ）とラズベリーケーキを村で買っていた。

「ラズベリーケーキはとてもおいしいよ。どうぞ召し上がれ」プロデューサーはソフィアにそういって微笑んだ。

「とにかく何かに特化するしかない。他にどうしようもなかった。うちでは今、多人数による映画、乱交シーンばかり撮っている。素人にはなかなかまねできないからね」

エッシュブルクとソフィアは映画を二本見せてもらった。どちらも女優はひとりだけ。若い女だった。女優といっても、プロの演技者には見えない。女子学生か俳優養成学校に通っている女優の卵のようだ。はじめにポルノ映画プロデューサーがカメラの前でその若い女優にインタビューをする。プロデューサーは、初対面の人と話すように、女優と普通に世間話をする。年齢、出身地、趣味。プロデューサーが質問しているあいだに、男たちが画面に登場する。カメラは男たちの一物しか写さない。男たちは女優の顔に精液をかける。女優はそのあいだも、普段していることを話す。女優は精液をぬぐうことを禁じられている。プロデューサーのインタビューのあと、カメラがひく。女優は他の男たちを口で満足させる。男は二十五人から三十人。ひとりあたり、満足するのに一分くらいかかる。男たちが全員、女優に射精すると、カメラは浴室へ向かう女優を追う。女優が体を洗うあいだ、プロデューサーはもう一度インタビューして、たった今、体験したことの感想を訊く。

ポルノ映画プロデューサーはラズベリーケーキを食べながらいった。

「この手の映画はいろいろと細かいところが大事なんだ。背景でも実験した。今は、床と壁を黒塗りにしている」

ソフィアはエッシュブルクの写真がどういうものになり、スタジオをどういうふうに作り替えなければならないかプロデューサーに説明した。彼女はスケッチをテーブルにのせた。プロデューサーはスケッチをすべて仔細に見てから、細かい質問をした。費用が話題になると、エッシュブルクは男優たちにギャラをいくら払うべきかたずねた。

「男優には一銭も払っていない」プロデューサーはいった。「みんな、アマチュアさ。エイズ検査だけは毎回してもらうことにしている。女性を守らないとね。あとは、陰毛を剃ってもらう。条件といえば、それくらいのもんさ。応募者がたくさん来るんで、さばききれないほどだ。金を支払いたければ、別に止めない。だけど、そんなに払うことはない」

プロデューサーのもっとも成功した映画は〈精液風呂のヴィーナス〉。音楽業界のプラチナディスクに相当するポルノ映画業界の賞を獲得していた。

プロデューサーはコーヒーを飲み、たくさんおしゃべりし、すっかり疲れたように見えた。急に静かになった。エッシュブルクは窓の外を見た。家の前に薪が積んである。きれいに整然と積まれている。今度の冬までには乾燥するだろう。その向こうに草地が見え、その先は森だった。

エッシュブルクはボッティチェリの〈ヴィーナスの誕生〉を思い浮かべた。クロノスは父ウーラノスの性器を切り取り、背後の海に投げ捨てた。その血と精液によって海が泡立ち、ヴィーナスが誕生した。ボッティチェリはヴィーナスの美貌を生真面目な表情で描いた。彼にとって、ヴィーナスはこの世の出来事から隔絶した存在だった。ヴィーナスはそれを理解しつつも納得していない。しかし、決してこの世の一部になることはないのだ。

「本当はぜんぜんちがう映画を撮りたいんだ」沈黙していたポルノ映画プロデューサーが口をひらいた。「渡り鳥がアフリカへ飛ぶ過程を撮ったドキュメンタリーを作りたいと思っている。多くの鳥は暖かい土地を求めて五千キロも飛ぶんだ、知ってるかい？　本当にそんなとんでもないことをするんだよ。渡り鳥は地磁気の傾角を感じ取っている。ところがこの数年、南へ渡ってくる鳥の数が減少している。原因は気候変動さ。温かいメキシコ湾流と冷たいペルー海流の流れが変化したせいなんだ」
　プロデューサーはやさしい声になっていた。
「そのうち鳥が渡るということ自体が消えてなくなるんじゃないかと思っている。ムクドリは冬も都市部にとどまるようになった。たぶんいつかそういう映画を撮るだろう」

　それからまだしばらく三人はリビングルームにすわっていた。ポルノ映画プロデューサーは、考古学を学びたがっている娘のことを話題にした。それから急に立ち上がり、黙って玄関へ行って革ジャンを着た。ウールの襟に薪割りのときの木くずがついていた。彼はソフィアとエッシュブルクを車のところまで見送った。
「映画は毎週撮っているから、いつでも好きなときに来てくれ」と彼はいった。

　ふたりは車で森を抜け、帰路についた。涼しくなっていた。樹木がボンネットに映っていた。壁にかけてあった鳥の写真は色分けされていて、生息地であるアマゾン川の支流別ではなかった、とエッシュブルクはいった。ソフィアはひとり目に涙を浮かべていた。

　エッシュブルクは彼女に昔の湖畔の家を見せたいと思った。だが村は様変わりしていた。薬局はなくなり、ストリートカフェが二軒と金属でできたモダンな噴水に替わっていた。道は新しくアスファルトで舗装され、斜めに傾いていたツゲの生け垣と家の前の進入路は消えて、駐車場になっている。高級そうな車が並んでいて、ミュンヘンとシュタルンベルクのナンバープレートが目についた。庭園には、木造の貸別荘が建ち並んでいる。貸別荘はどれも、白いペンキが塗られていて、湖側にベランダがあり、どれもおなじ大きさだった。

古い邸宅は修復され、屋根が新しく葺かれ、二階の窓は床に届く大きさになっていた。そして外階段の横の看板にこう書かれていた。〝ゴルフリゾートの関係者以外は立ち入り禁止〟

ふたりは湖へ歩いた。小桟橋とボートハウスと厩舎は撤去され、礼拝堂はゴルフカート置き場になっていた。貸別荘群のあいだをぬう白砂利を敷きつめた新しい道と花壇があり、耐候性プラスチックのベンチがいくつも芝生に置かれていた。邸宅の裏手には、チーク材で作った大きなテラスがあって、日傘の下に人々がすわっていた。みんな、黄色か赤色のベストを着て、チェック柄のズボンやスカートをはいている。

「残念ね」ソフィアはいった。

エッシュブルクは、かつて屋根にのっていた錆びた風見鶏の話がしたかった。ブロンズの風見鶏にはいろんな色が浮いていた。レモンイエロー、カドミウムイエロー、シアン、オリーブ色、クロムグリーン、バーントシェンナ、サンドカラー。現実が自分よりも早くすすむこと、自分にはついていけないこと、物事は進行するが、自分はそれを見ていることしかできないのだ、と。

「あそこにボートハウスがあった」エッシュブルクがいった。

そのとき、紺色のジャケットを着た男が芝生を横切ってきた。

「失礼ですが、会員の方ですか？」男はたずねた。若くて腰が低い。とても白い歯をしている。

「いいえ」エッシュブルクはいった。

「ではこのリゾートからでていただけますか。よろしくお願いします」

変わっていないのは湖だけだった。今でも葦が茂り、深緑色の木々が生え、湖面に散った花びらが波に揺れていた。

「わかりました」エッシュブルクはいった。


空港へ向かう道すがら、ガソリンスタンドに立ち寄った。売店でソフィアを待つあいだ、エッシュブルクは菓子やチップスの棚の上に並べられた雑誌をぺらぺらめくった。大衆紙の見出しに、〝人類はとっくの昔に破産している。負債総額五十兆ユーロ〟とあった。人類はだれに借金しているのだろう、とエッシュブルクは首をかしげた。タバコとプラスチック製のライターを新しく買い、車にもどる途中で気分が悪くなった。彼は給油機のあいだで嘔吐した。
二、三時間ほどして、ふたりはベルリン行きの飛行機に乗った。ソフィアはいっしょにやっていけそうなはじめての女性だ、とエッシュブルクは思った。彼女となら、ひとりになることもできるし、静かに過ごせる。エッシュブルクは彼女の手に自分の手を重ね、しっかりにぎりしめた。
ソフィアは、知らない人を見るような目で彼を見つめた。

ふたりは上空から整然と区分けされた畑を見た。トウモロコシの区画、そしてクローバーの区画。秩序だっていることがエッシュブルクを安心させた。

18

エッシュブルクは二ヶ月間、写真にかかりきりだった。その作品を〈マハの男たち〉と名付けた。ソフィアはソファに横たわった。舞台装置家にゴヤの絵にあるのとそっくりのソファを作ってもらっていた。一枚目の写真では、ソフィアは裸だった。背広姿の男が十六人周りに立って、彼女を見つめていた。ソフィアはゴヤのマハとおなじ姿勢をとり、おなじ化粧をした。カメラもゴヤの視点とおなじだった。

二枚目の写真では、ソフィアはマハとそっくりの衣装に身を包んだ。男たちは最初の写真とおなじ位置に立ったが、今度は裸体だった。最初とおなじ顔の向きでソフィアを見つめ、腰の一物を勃起させ、それでソフィアの顔と体を指していた。男たちのうちふたりがソフィアの服に射精していた。

彼らは、ポルノ映画プロデューサーが紹介してくれたアマチュア男優たちだった。男優たちは背丈がまちまちで、数人は腹がでていて、ひとりは前腕に絆創膏を貼り、五人は髭を生やし、四人はメガネをかけていた。カメラは皮膚の発赤、毛の一本一本を鮮明に写した。

エッシュブルクはポルノ映画プロデューサーのスタジオで撮影をした。使用したのはハッセルブラッド503Cと三九〇〇万画素のデジタルバックだ。写真はデュッセルドルフの写真ラボ、グリーガーにあるLightJet 500 XLで1.8×3メートルのサイズでプリントし、アクリルマウント（写真の上からアクリルを圧着し一体化させた展示物）に加工した。

二枚のアクリルマウントは重ねて壁にかけ、手前側の裸のソフィアと着衣の男たちの写真が二分ごとにモーターで吊り上がり、裸の男たちが写っている背後の写真を見せてから、また下りる仕掛けにした。

職人にモーターを取りつけてもらったあと、エッシュブルクは鉄製の外階段を伝って屋上に上がった。四年前、リーニエ通りに引っ越してから最初の夏、ときどきこの屋上で眠ったことがある。中庭に生えている二本のマロニエが、昔の邸宅を思いださせたからだ。だがあの日、どうして屋上に上がったのかわからず、その後、何度もそのことで頭を悩ませることになる。おそらく暑かったからだろう。あるいは疲れていたか、説明のつかないなにかに駆り立てられたのだろう。

前から屋上に置きっぱなしになっていたふたり掛けのスイングチェアに、女が横たわっていた。エスパドリーユをはき、古くて薄汚れた絹の着物を着ている。エッシュブルクは下りようとした。

「そのままいてちょうだい」女はいった。

屋上に塗られたタールが熱でグニャグニャしている。女は額にうっすら傷痕があった。

「一度会ったね。数年前、わたしがここに引っ越してきたときに」エッシュブルクはいった。

「セーニャ・フィンクスよ。握手は遠慮するわね、暑すぎるから」

女は三十代半ばだ。頭に布をかぶり、大きなサングラスをかけている。すこし荒んだ感じがする。

「すわって」と女はいった。

スイングチェアのマットはシミだらけで、ところどころ破けている。黄色いスポンジがはみだしていた。

「ビールを飲む？」女はたずねた。「冷えているわよ」

「ビール以外にもなにかあるかな？」

「瓶ビールだけ」

「では一本もらおう」

セーニャ・フィンクスはクールボックスの蓋を開けて、瓶を一本取りだすと、プラスチック製ライターで栓を抜いた。スイングチェアが軽く前後に揺れた。彼女の香水はシダーと土のにおいがした。

「写真家？」彼女がたずねた。

「ああ」エッシュブルクはいった。

女はクールボックスから自分の分のビールもだした。栓を抜くと、着物と剝きだしの膝と床に泡が飛び散った。焼けた屋上に落ちた泡は白い輪郭だけ残して、あっというまに乾いた。

「出身は？」エッシュブルクはたずねた。なにか訊かないといけないと思ったのだ。「その、あなたの訛りが」

「オデッサ、黒海。もう十年以上ここで暮らしているけど」彼女は手の甲で口をぬぐった。

「仕事は？」

「今は無職」女はいった。そしてしばらくしてから、こう付け加えた。「いろいろな仕事を転々としてきたわ」

エッシュブルクは彼女の最後の言葉を頭の中で反芻《はんすう》した。そのうち黙っているのが気にならなくなった。ふたりはビールを飲んだ。セーニャ・フィンクスは黒々とした刻みタバコを紙に巻いてふかした。いつのまにか、エッシュブルクはうたた寝していた。

はっと目を覚ました。どのくらい時間がたったかわからない。

「そろそろ行かないと」とエッシュブルクはいった。立とうとして鉄のテーブルに膝をぶつけてしまい、まだ中味が半分残っているビール瓶を倒してしまった。セーニャ・フィンクスは目にも止まらぬ速さで動いた。機械仕掛けのような反応。無意識の、正確無比な動き。瓶が落ちて割れる前に、彼女は左手で受けとめた。息づかいが速くなることもなかった。

彼女の着物がはだけていた。腹が平らで引き締まっていた。上半身は傷だらけだ。鞭打たれた痕のような長いみみず腫れ。左胸の下には、フクロウがいた。はじめは入れ墨かと思ったが、彼女の肌に焼き印が押されているのだと気づいた。

19

〈マハの男たち〉の展覧会は成功だった。テレビの文化番組が前宣伝してくれた。初日の午後、画廊の前に長蛇の列ができた。

ソフィアは真っ黒なドレスを着て、髪を後ろでまとめていた。すらっとしてエレガントだ。客にあいさつしてまわっている。みんなに話しかけ、名刺を配るときにはニコニコしていたが、話し終えるとすぐ生真面目な顔になった。

エッシュブルクは彼女のストッキングが伝線していることを思いだした。ソフィアは展覧会がはじまる前にそのことで腹を立てていた。その朝、彼女はなにもいわず、キッチンの窓から外を見ていた。中庭で遊んでいる小さな少年を見ていたのだ。それからエッシュブルクのほうを振り返った。いいたいことが顔に書いてあった。だが彼女はその質問を二度としなかったし、彼には答えることのできないものだった。

エッシュブルクはソフィアのほうを見た。もう彼女なしにはなにもできないと思った。写真を撮ることも、これまでどおり生きつづけることも、そして生の重みに耐えていくことも。

エッシュブルクは展覧会場から立ち去り、リーニエ通りにもどると、必要なものを持ってシャルロッテンブルク市営プールへ向かった。一八九八年に竣工したもので、三階建て、正面壁はユーゲントシュティール様式の赤レンガ造り、屋根は屋内市場とおなじ鉄骨構造だ。

エッシュブルクは緑色に塗られた鉄の扉をくぐった。この時間帯はたいていひとりでプールを独占できる。水着に着替えて、シャワーを浴び、梯子を伝ってプールに入る。スピードを上げ、一定のリズムで何度かプールを折り返した。それから水面で仰向けになり、高いガラス天井を通して空を見た。そして息を吐き、プールの底に沈む。苦しくなるまでずっと水の中にいた。日本のサムライはかつて、「自分はもう死んでいる」という言葉とともに起床するのを日課としたという。死とはそれほど容易《たやす》いものなのだ。そう思えれば、もはや失うものはない。

エッシュブルクは車でいったんアトリエにもどってからまた外にでた。オラーニエン通りに、ハイヒールをはいた娼婦が数人立っている。鬘《かつら》は派手な金髪か、真っ黒。流れる汗で化粧にうっすら縦縞模様ができていた。

画廊の前には、まだ人の列ができていた。エッシュブルクはそのまま通り過ぎ、名画座の前に来た。ちょうど上映を開始したばかりの映画のチケットを買った。最後列の壁際の席についた。音響が耳に痛く、カットがめまぐるしくて、話についていけなかった。

三十分後、名画座からでた。外はすこしも涼しくなっていない。歩道は人でごったがえし、屋外レストランで辻音楽士が楽器を奏でている。酔っぱらった観光客が数人踊っていた。

エッシュブルクは疲れるまで通りを歩き、工事現場で足を止めた。汚水と糞尿のにおいが鼻をつく。工事現場を見下ろすと、パイプのあいだに狐が横たわっていた。被毛が濡れて、砂にまみれている。エッシュブルクは死んだ狐を見つめた。逆に狐に見つめられているような気がした。

20

次の日の朝、エッシュブルクがアトリエに下りると、ソフィアがすでにデスクに向かってすわっていた。

「〈マハの男たち〉が昨日、売れたわ。買ったのは日本人。これで金持ちね」彼女は相好を崩した。

鉄のフックが、まだ壁にかかったままだった。

「きみがいなければ、こんなにうまくはいかなかった」彼はいった。

ソフィアは幸せそうだが、疲れた表情もしていた。

「バカンスに行こうか？」エッシュブルクはたずねた。「マヨルカ島に家を借りるのはどうだい」

「そうね」彼女はいった。

展覧会前の幾夜か、ふたりは寝る暇もなく、ほとんど徹夜同然だった。ソフィアはコンピュータに向かって貸別荘を探した。翌日の早朝、ふたりは飛行機に乗った。

空港に降り立つと、ふたりはレンタカーを借り、島の南のサンタニーをめざして高速道路を走った。車のクーラーは壊れていた。ソフィアは髪にスカーフを巻いて、窓ガラスを下ろした。空気は塩っぽくて、熱かった。ふたりはリュクマホルで車を止めた。カフェ・コロンのエスプレッソは、舌が火傷《やけど》しそうなほど熱く、カウンターでは市《いち》に農産物を売りにきた女たちが盛んにおしゃべりをし、ゲーム機が音をたてていた。ふたりは食料品店ですこし買い物をして、ふたたび車に乗った。アルケリア・ブランカを過ぎると、幹線道路から離れ、狭い塀にはさまれた道を貸別荘へとすすんだ。

その晩、黒パンを焼き、オリーヴ油を塗り、トマトとニンニクをすり込んだ。海から二キロ離れていたが、それでも海草の香りがした。ふたりはテラスにすわった。アーモンドの林とアレッポマツの向こうに平原が広がり、海を望むことができた。大地は酸化鉄を含み赤かった。

エッシュブルクは、道から聞こえてきたオートバイのバックファイアの音で目を覚ました。隣に寝ているはずのソフィアがいなかった。エッシュブルクは庭にでてみた。彼女はプールの横のデッキチェアに寝そべっていた。

「これがわたしたちの最後の日々になるかもしれないわね」ソフィアはいった。

エッシュブルクは彼女を見た。プールの水中ライトは青緑色だった。

「どういうことだ?」目は覚めていたが、頭がうまく働かない。ベッドにもどりたかった。

「あなたは、心ここにあらずという感じでしょ。わたしは不安でしかたがないの。それに、あなたの空想力についていけない。あなたを愛するのは難しい」彼女は口をつぐんだ。エッシュブルクも黙っていた。それから彼女はいった。「ゼバスティアン、あなたはだれ?」

エッシュブルクは立ち上がって、瓶入りの水を持ってきた。彼がもどると、プールの照明は消されていた。ソフィアのそばに体を横たえ、彼女のうなじに手を当てると、目をつむった。燕麦《えんばく》の穂を指でしごいたときの穀粒の色が脳裏に浮かんだ。そしてボートハウスのそばに生えていた葦の色も。葦の葉は鋭く、足を切ったことがある。

「あなたがいまだにわからない」彼女はいった。

「すまない」エッシュブルクはいった。はるか彼方に数隻の船が見える。標識灯が動いていく。琥珀、瑪瑙《めのう》、紅玉髄《こうぎょくずい》。それから言葉と言葉のあいだに間ができるのを待った。彼にとってそれは、他人との距離を測る唯一の物差しだ。


その夜、風がアフリカの砂を運んできた。夜が明けると、すべてのものにうっすらと浅黄色の膜ができていた。

21

一週間後、ふたりは別々に帰路についた。ソフィアはパリにもどる必要があり、エッシュブルクはベルリンに帰った。空港に降り立つと、タクシーでリーニエ通りへ向かった。

彼はスーツケースを二階の住まいに運び上げた。隣人のドアが開け放ってあった。エッシュブルクは住まいをのぞき込んだ。調度品らしいものはろくになく、ソファと小さなテーブルが部屋の中央にあるだけだ。

そのソファに、セーニャ・フィンクスが横たわっていた。裸だった。顔がよく見えず、ソファのひじかけに頭をのせたまま、身じろぎひとつしない。死んでいるのではないか、と一瞬心配になった。そばへ行こうとしたとき、セーニャ・フィンクスが目の前にあらわれた。ドアの横に立っていた。彼女はゆっくりと生真面目にうなずきかけた。それから彼の胸に右手を置き、やさしく押し返し、重たい扉を閉めた。彼女はなにもいわなかった。

エッシュブルクは自分の住まいに入り、スーツケースの中味をあけ、ベッドに身を横たえた。うまく寝付けなかった。午前五時頃、目を覚ますと、ひとりではないと感じた。住まいは闇に包まれていた。目を閉じたまま様子をうかがった。身じろぎひとつしなかった。ふいにシダーの香りがして、彼女の息が顔にかかった。

22

数日かけて、エッシュブルクはアトリエの片付けをした。モデルの背景に使うパネルを塗り直し、郵便物を開け、カメラを分解して掃除し、画廊のオーナーや出版社に電話をかけ、床屋へ行き、ズボンを新調した。街や公園をかなり長い時間かけて散歩し、展覧会を訪ね、何時間もただぼんやりとカフェにすわった。ソフィアがいないと、とても耐えられないことに気づいた。

十日後、パリに飛んだ。ソフィアの会社はその晩、動物愛護団体のレセプションの段取りを任されていた。エッシュブルクは空港から会場へ直行した。レセプションはコンコルド広場のオテル・ド・クリヨンで催された。女はロングドレス、男はタキシード。エッシュブルクは退屈した。トイレでは若い男がコカインを一服していた。男の左の耳たぶが二十ミリほどにふくれていて、派手な緑色のシリコンリングがだらりと垂れさがっていた。エッシュブルクはホテルの前にでて、行き交う車を眺めた。

夜中の一時、ソフィアは仕事から解放された。会社付きのドライバーが彼女のアパートまでふたりを送った。十区にある三間の小ぶりな住まいだった。ベッドの上には、エッシュブルクが撮った彼女の写真が飾ってあった。彼が縦横一メートル五十センチに引き伸ばしたものだ。住まいにかけてある写真はそれだけだった。ソフィアは、来てくれてうれしい、とエッシュブルクにいってから、ベッドに倒れ込み、すぐに眠ってしまった。

ベッドルームとリビングルームはガラスの引き戸で仕切られていた。エッシュブルクはそのガラスを通してソフィアを見た。同時にそのガラスに映っている自分が見えた。彼女の顔に自分の顔が重なる。彼女が眠っているあいだ、ずっとそこにたたずんで見ていた。

週末が終わると、エッシュブルクは飛行機に乗ってベルリンへ帰った。国立図書館を訪ね、ダーウィンのいとこで、十九世紀前半にイギリスに生まれたサー・フランシス・ゴルトンの著作を探した。ゴルトンは天気図と指紋鑑定を考案した人物だ。あるとき犯罪者には、他の人間とはちがう、目に見える共通の特徴があるはずだと確信した。その特徴をどうやったら突き止められるか長いあいだ思案した末、ゴルトンはロンドンの刑務所に写真機を据えて、囚人をその前に立たせ、すべての顔を一枚の原板に多重露出撮影した。ゴルトンは悪がどういうふうに見えるか知らなかった。目や額や耳や口になにか特徴があるはずだった。ところが、できあがった写真は驚くべきものだった。異常な特徴はひとつもない。おおぜいの犯罪者の顔を合成した結果は美しかったのだ。

エッシュブルクは数日間、たくさんの書物を読み、ノートにびっしりメモをとり、夜中、インスタレーションのためのスケッチをした。四週間後、タレント・エージェントに頼んで三十八人の女性モデルを手配してもらった。条件はごく簡単なものだった。モデルは全員おなじ身長であること。年齢は十八歳から二十二歳、服のサイズは三十六、ヌード写真が可能な者。

木製の台の上に据えた支えで、モデル全員が頭と体のポーズをおなじにできるようになっていた。8×10インチ判ディアドルフカメラで、エッシュブルクはモデルを正面から次々と撮影した。フィルムバックはポラロイドフィルムホルダー、露光時間は十五秒だった。

ポラロイドフィルムは灰白色になった。ソフトな鉛筆デッサンのように見える。長時間露出は本質的なもの以外すべて消し去り、体や顔の輪郭線だけが可視化される。そのあとエッシュブルクはポラロイド写真をスキャンして、二メートル四方のサイズに引き伸ばし、薄いプレキシグラス板に印刷させた。

つづいて普段はソフト制作会社でコンピュータゲームのプログラミングをしている若者に毎朝、アトリエに来てもらった。若者はコンピュータを設置し、高精細モニターの前にすわって、エッシュブルクの指示どおりにインスタレーションをプログラムした。エッシュブルクはプログラムの説明を受け、二ヶ月後、若者のコンピュータを買い上げて、さらに八ヶ月間、修正を施した。インスタレーションが完成するまで、結局まる一年かかった。その時期、ソフィアとの付き合いはずっと楽になっていた。ふたりはお互いに慣れ、エッシュブルクは彼女とやっていく上でほどよいリズムが見つかったと思った。

作品が完成すると、エッシュブルクはインスタレーションを画商に見せた。エッシュブルクは画商とソフィアをふたりだけでアトリエに残して、中庭にでた。玄関の階段に腰をおろすと、オレンジの表皮をむいて、丁寧に重ねて階段に置いた。彼は剝きだしになった中味を日の光にかざして、ぐるっとまわした。ひとつひとつの房が見える。そして白いすじ、薄い内果皮、オレンジ色と黄色と赤色。この階段にすわる瞬間まで、はてしない数の決断をしてきた。いったいどこまで遡《さかのぼ》れるだろう、と彼は考えた。エッシュブルクはゆっくり手のひらを閉じた。果肉が指のあいだからあふれでて、果汁がシャツに、髪に、顔にかかった。

23

リーニエ通りにあるエッシュブルクの住まいの通用門は暗かった。数週間前からふたつある街灯のひとつが切れていた。それでも、エッシュブルクにはセーニャ・フィンクスがわかった。見知らぬ男が彼女の喉をつかんで、家の壁に押しつけていた。男は小太りで肩幅があり、うなじを刈り上げて、鳥打ち帽をかぶっている。その男が彼女の腹にナイフを刺した。咄嗟《とっさ》の出来事だった。エッシュブルクは駆けだした。

見知らぬ男がもう一度ナイフを振り上げた。エッシュブルクは男の革ジャンの襟をつかんで、引っぱった。男はよろめいて、体のバランスを失った。エッシュブルクは男が倒れたところにおおいかぶさりながら、殴りかかった。その一撃に全体重をかけた。パンチは男の顎に命中し、顎の骨を砕いた。

エッシュブルクはそのとき左耳の後ろでシュッとなにかが風を切る音を耳にした。だが気づくのが遅れ、避けることができなかった。特殊警棒の鉄球が頭に命中した。幸運にも斜め横から当たったので、頭蓋骨が砕けることはなかった。

エッシュブルクは膝をついた。石畳が視界に入った。青灰色。そして石畳の目地の砂と苔。その模様に戸惑ったのもつかのま、額から地面にぶつかった。

目を開ける前から、自分が病院に横たわっていることに気づいていた。消毒薬、病気、熱消毒した寝具のまざったにおいがしたからだ。

最初に目に入ったのはソフィアだった。本を持って窓辺にすわっていた。靴を脱ぎ、窓台に両足をのせている。首は逆光のせいでやけに細く見えた。

エッシュブルクはすぐには話しかけたくなかった。黙って彼女を見つめた。ソフィアは本を膝にのせて、大きく息をついた。

「なにがあったんだ?」彼はたずねた。口の中が渇き、唇が割れていた。

ソフィアはエッシュブルクのところへ来て、額にそっとキスをした。

「あなた、転んで意識を失ったの。頭に穴があいていたのよ」

彼は体を動かそうとしたが、毛布がごわごわで、重かった。

「寝ていなくちゃだめよ」ソフィアはいった。「薬が効いているから」

エッシュブルクは額に彼女の手を感じた。ひんやりしていた。彼はまた睡魔に襲われた。

ふたたび目を覚ますと、部屋は暗かった。エッシュブルクはベッドの中で上体を起こし、不快感が消えるまでそのままの姿勢を保った。入院着を身につけていたが、点滴はつけていない。立ち上がると、ゆっくりとした足どりで洗面所に行った。尿に血がまじっていた。頭には包帯が巻かれ、顔の右半分が傷だらけで、右の眉毛の上に絆創膏が貼ってあった。エッシュブルクはプラスチックのスツールにすわって歯を磨いた。やっとの思いで磨き終えた。

病室にもどると、女がひとり、窓辺のテーブルに向かってすわっていた。セーニャ・フィンクスだとわかるまですこし時間がかかった。パンタロンスーツを着ていて、真珠のネックレスをつけ、黒縁メガネをかけている。髪は結んでいない。パンタロンスーツは高級そうだった。

「あなたのお友だちが帰るのを待っていたの」彼女はいった。

「見ちがえたよ」エッシュブルクはいった。

「だれだって、自分が見たいものを見るものなのよ」

エッシュブルクはベッドの角にそっと腰をおろした。

「怪我はしなかったのか？」

「だいじょうぶ」

「あの男たちは？」

「けりがついたわ」

「どういう意味だ？」

彼女は肩をすくめて、なにもいわなかった。エッシュブルクはベッドに倒れ込んだ。「明かりを消してくれないか？　まぶしい」

セーニャ・フィンクスはランプを消した。「警察に話した？」

「いいや」

「なにもいわないで」

セーニャ・フィンクスは窓を開けた。空気が清々しい、雨のにおいがする。

エッシュブルクは彼女のほうへ顔を向けた。

「なにがあったのか説明してくれないか？」

彼女はナイトテーブルからエッシュブルクの時計を取った。

「きれいな時計。一九六〇年代のもの？」

「父が使っていたものだ」

セーニャ・フィンクスは時計をテーブルにもどした。

「なにがあったのか説明してくれ」エッシュブルクはいった。

「長い話なの。知りたくもないでしょう」

「そんなことはない」

セーニャ・フィンクスはしばらくのあいだ彼を見つめてからいった。

「わかったわ。あいつらはろくでなしよ。わかる？　あいつらはウクライナの村をまわって娘を探し、いい暮らしができると約束するの。そして娘たちを娼婦に仕立てる。〝飼い慣らし〟とあいつらは呼んでいる。娘たちは客の相手をさせられるの。十人、二十人の男たちの相手を一度にすることもよくある。そういうときは廃工場が使われる。警察が嗅ぎつけても、いつも手遅れ。手入れをする頃には、みんな、別の町に移ってしまうから。ひとつの町で場が設けられるのはたった一回だけで、男たちは大金を払う。あいつらの仲間はどこにでもいる。フランス、イタリア、イギリス、ドイツ。逃げ足が速いのよ。あいつらに国境はないもおなじ」

セーニャ・フィンクスは間を置いて顔をしかめた。腹のあたりでブラウスが黒く染まっている。傷口がひらいたのだ。息が浅かった。

「娘が使い物にならなくなると」セーニャ・フィンクスはいった。「両手と首を切って、ゴミコンテナに捨てるのよ。あるいは引き取りたいという男に売り渡されて、死ぬまで鞭打たれる。男たちはそれをビデオに撮って、あとで売るの」

「映画みたいな話だな」エッシュブルクはいった。

「そんなことない。映画で描かれたことなんてないわよ」

ふたりは黙った。エッシュブルクは目を閉じた。頭が痛い。

「今度はわたしが訊きたいんだけど」セーニャ・フィンクスはいった。「そういう目に遭った子が逃げたとき、どうしたらいいと思う？　男たちから大金を盗んで、しかも生き延び方と殺し方を学んでいたら？」

彼女は立ち上がると、足を二歩前にだして、エッシュブルクのベッドまで来た。タバコと血のにおいがした。身を乗りだした彼女の目は薄緑色で、メガネを通して見える瞳孔は縦に細長かった。

「罪ってなに？」彼女はたずねた。声は熱を帯びていた。

死でさえ身近になると恐くなくなる、と思いながらエッシュブルクはいった。

「わからない」

24

エッシュブルクの写真がイタリアで大評判になったので、画廊は新しいインスタレーションをローマでお披露目することにした。〈マハの男たち〉も、買い取った日本人が展覧会用に提供してくれた。リーニエ通りにあるアトリエで、ポラロイド写真、モニター、ケーブル、コンピュータを木箱に詰め、運送会社に託した。

一週間後、エッシュブルクはローマへ飛んだ。駐機場でバスに乗った。管制塔のまわりを飛ぶ数百羽のムクドリが見えた。タクシー運転手があとで説明した。ローマ市はムクドリを駆除するため鷹を放したが、なんの役にも立たなかった、と。

画廊は、修復された十七世紀の宮殿の二階を借りて、展覧会場にした。数日かけて、エッシュブルクは展覧会の準備をした。大広間の二面の長い壁に、十八枚の写真が飾られた。プレキシグラス板には背後から照明が当てられた。モデルの女たちの体はほんのりセピア色だった。広間の奥の壁にはスクリーンが立てられ、プロジェクターがポラロイド写真の一枚を映写し、十五秒後にコンピュータが次のポラロイド写真をその上に重ねて、新しい像を合成するようにプログラムされていた。コンピュータはその十五秒後にまた別のポラロイド写真を重ねて、また新しい像を合成する。こうしてエッシュブルクが撮影した女たちは、融合してひとりの新しい女になる。その顔と体はすべてのモデルの平均、中間だった。不均衡なもの、皮膚の不純な部分やしわが消える。人工的に作られた女は、どのモデルよりも若々しく、顔も体も完璧に左右対称だった。そして、たしかに美しかった。

それから壁にかけたプレキシグラス板の背後の照明が順に消され、おなじテンポでスクリーン上の人工の女の肌の明度が上がる。やがて人工の女はほとんど真っ白になった。そこから美術史に名を残す美女が高速で総まくりされる。ティツィアーノの〈ウルビーノのヴィーナス〉、ベラスケスの〈鏡の前のヴィーナス〉、カノーヴァの〈パオリーナ・ボルゲーゼ〉、マネの〈オランピア〉、ピカソの〈森の精〉、シュトゥックの〈罪〉。それから人工の女は元の姿にもどり、両手を背中にまわし、床に膝をつき、口を開けて悲鳴をあげる。つづいて画像がぼやけて消えてなくなり真っ黒な画面の中央に白い線が一本残る。そのあとその線上に世界じゅうの言葉で次の一文が浮かんでは消える。

滑らかなり、魂と海原

それが終わると、線が短くなって点となり、すっと薄れて、画面が消える。ホールは十秒間真っ暗な状態がつづき、そのあとまた左右の壁面の大きなポラロイド写真がソフトな光で浮かび上がり、プログラムが改めてスタートする。

展覧会が開幕する前日の午後、エッシュブルクはトークショーに招かれた。ローマの画商は、宣伝が必要だといった。登壇する前、エッシュブルクはバルコニーでタバコを吸った。裏庭が見え、破れた段ボールや、中味のない植木鉢や、背もたれが壊れた椅子があった。

テレビ局のスタジオは暑かった。司会者は言葉をまくしたてた。観客が拍手するタイミングに、アシスタントディレクターが合図を送った。突然、司会者が飛び上がると、腕を振り上げて、観客になにか叫んだ。観客が笑った。画商の話では、この司会者は〝人間味あふれ、感動的な〟トークショーで放送賞に輝いたことがあるという。

エッシュブルクはソフィアのほうを見た。彼女は観客席の最前列にすわっているはずだが、顔が見分けられない。

それからスタジオが静かになり、観客が一斉にエッシュブルクを見つめた。なにか聞き逃したようだ。司会者がふたたび彼の横にすわった。黄色と白色の縞柄シャツを着ていて、胸ポケットのところでその縞模様が五ミリずれている。エッシュブルクはそこを見ないようにした。司会者の縁なしメガネにほこりがひとつついていて、そこだけスポットライトの光をさえぎっていた。

昨夜、闇の中で紙切れに書いたメモのことがエッシュブルクの脳裏を過《よ》ぎった。なにを書いたのか思いだせない。大事なことだったのは確かなのだが。

みんながじっと待っている。どうしたらいいかわからなくなって、エッシュブルクは微笑んだ。

早く終わってくれ、とそれだけを願った。

司会者がようやく口をひらき、手をたたいて、ふたたびカメラのほうを向いた。エッシュブルクがモニターを見ると、一枚の絵が映っていた。だがその絵が、自分のインスタレーションとどういう関係があるのかわからない。女の通訳者の声が聞こえた。耳にはめた小さなイヤホンからキンキンした声が響く。「インスタレーションの完成はいつですか？　完成はいつですか？」通訳者はその問いを何度も繰り返した。

「すべてがぴたっとはまったとき」エッシュブルクはようやく答えた。

司会者がふたたびカメラに向かって叫んだが、通訳者は内容を教えてくれなかった。観客が拍手をした。

トークショーはいつのまにか終わっていた。大きなスポットライトが消され、音響技師がエッシュブルクのジャケットからマイクをはずした。音響技師の手の甲の毛がエッシュブルクの顎をなでた。司会者は観客に頼まれて、サインを書いていたが、振り返ってエッシュブルクと握手をし、肩をたたいた。そのとき、ソフィアが舞台に上がってきた。


ホテルにもどると、エッシュブルクはすぐシャワーを浴びた。水はカルキ臭かった。腰にタオルを巻いた状態のまま狭いバルコニーにでた。下の広場で太った男が笑っている。派手な色のトレーナーを着ていて、背中に〝インターナショナルゴルフチーム〟という文字がプリントされていた。なにか袋に入っているものを食べている。男の妻は首が短かった。

エッシュブルクは部屋にもどって服を着た。ジャケットのポケットに、昨夜メモを書いた紙切れが入っていた。紙切れをひらいてみると、なにも書かれていなかった。

次の日の晩、展覧会は開幕した。モデルになった女たちがみな、自分の写真の横に立った。エッシュブルクはジャーナリストの質問に答え、客やコレクターや大使や文化省次官と言葉を交わした。

ふたたびひとりになると、タバコを吸うためにテラスにでた。すると、だれかが横から火をくれた。手しか見えなかったので、エッシュブルクは振り返った。

若い娘の上唇は完璧な〝M〟の形をしていた。リネンのドレスを着ている。エッシュブルクのインスタレーションを見るためにわざわざローマまでやってきたといった。気持ちのいい声だった。娘の目は緑色と灰色と青色が折り重なったような色調だった。エッシュブルクはあとで、本当はどんな色だったかまったく思いだせなかった。娘は彼に微笑みかけた。

娘は手を差しだしたが、名乗らなかった。一瞬、娘の瞳孔がひろがり、広間の光を反射した。エッシュブルクはその光の中に自分の姿を認めた。彼は気を取り直していった。

「ゼバスティアン・フォン・エッシュブルクです」顔が蒼白かった。

娘は微笑みを絶やさず、彼の手を放さなかった。「あなたの作品には感動させられます」そういって顔を近づけると、娘はさらにこう付け加えた。「どうしてもあなたの仕事の手伝いがしたいんです」

「わたしは助手を持たないんだ」彼はいった。話すことに疲れてきた。「でも、いいでしょう。ベルリンに来たら、電話をください」

若い娘はうなずいて、ようやく手を放した。

「ありがとう。もうこれ以上は邪魔をしません」

エッシュブルクは、荒い息づかいが収まるのを待った。展覧会場の中を歩いて、ジャーナリストの一団に囲まれて立っているソフィアを見つけ、彼女にうなずきかけた。

外の空気のほうがましだった。ゆっくりと路地を歩き、とあるルネサンス様式の宮殿のそばで足を止め、石の壁に寄りかかった。それからまた歩きだし、テヴェレ川まで下ってからトラステヴェレ地区に上った。サンタ・マリア広場でストリートカフェにすわり、水をボトルで一本とエスプレッソを一杯注文した。突然、カフェから聞こえる声がすべておなじ大きさで聞こえるようになった。まるで脳内のフィルターがまったく機能しなくなったかのように。時間にしてほぼ五分。午後十一時、サンタ・マリア・イン・トラステヴェレ聖堂の鐘が鳴った。明るく澄んだ音色が広場に流れた。

エッシュブルクはテーブルに代金を置いて立ち上がった。

エッシュブルクは来た道をもどり、シスト橋で川を渡った。川岸の黄色い街灯が川面に照り映えていた。橋の真ん中で立ち止まる。なにも見えず、なにも聞こえなかった。テラスで出会った娘のことが脳裏に蘇った。足の力が抜けて、橋の欄干をしっかりつかんだ。若い男女が彼のことをからかった。酔っぱらいだと思ったのだ。そのとき駆け寄ってくるソフィアが見えた。顔がかすんで見える。

「どうしちゃったの？」ソフィアはたずねた。息を切らしていた。「あっちこっち捜したのよ。顔が真っ青じゃない」

「ずっと……ずっと勘違いをしていた」彼は小声でいった。

「なんのこと？　テラスであなたといっしょにいた若い女のせい？」

「彼女に、彼女に触れたんだ。頭がぱっくりひらいたような感覚に襲われた。わたしの脳みそはオレンジレッドで、塩っぽかった」彼はふるえた。

「ゼバスティアン、落ち着いて。さあ、行きましょう」

　エッシュブルクはその場にとどまった。

「インスタレーションの顔と体……あれは中間だ……」彼はいった。

「えっ？」

「もっとも美しい顔はもっとも平均的な顔。ただそれだけのことなんだ。美は左右対称なだけ。滑稽だ。わたしは滑稽だ」

「あなたは滑稽なんかじゃないわ、あなたは……」彼女はいった。

　エッシュブルクは彼女の言葉をさえぎった。「……子どもの頃、父と猟をしたことがある。父はノロジカを撃った。ノロジカは畑に立っていた。静かに美しく、一頭だけで。父は撃ち殺したノロジカの腹を切りひらいた。皮、そして薄い皮下脂肪。切り裂く音が聞こえた。体が切りひらかれる音だった。そのとき血を見た、ソフィア、血でいっぱいだったんだ」

ソフィアがエッシュブルクの顔にかかった髪を払おうとすると、彼はその手を払った。

「あの晩、父は書斎で自殺した」エッシュブルクはいった。顔がくしゃくしゃになっていた。いきなり彼女の肩をつかんで揺すった。「わからないか？　勘違いをしていたんだ。すべて、まちがいだった。美は真実じゃない」

「痛いわ。やめて」ソフィアはいって、身を引き離した。

「真実は醜い。血と糞尿のにおいがする。腹を割かれた死体、吹き飛ばされた父の頭こそ真実なんだ」

「あなたが恐いわ、ゼバスティアン」

数年前にフランスで買ったポケットナイフを今でも持ち歩いていた。木製の柄の塗装はとっくにはげ落ち、メーカーのロゴはほとんど判読できなくなっている。ゼバスティアンはナイフの刃を起こした。

「なにをするの？」ソフィアは悲鳴をあげて一歩さがった。

「行ってくれ」彼は小声でいった。「頼む。すぐに行かないとだめだ」

彼は欄干に背中を当てて滑るようにしゃがみ込んだ。手の甲に、ナイフが深々と刺さっていた。

「わたしも、自分が恐い」彼はいった。

赤
Rot

夜中の一時、モニカ・ランダウはまだ自分の執務室でデスクに向かっていた。年齢は四十一歳。彼女は六年前から重大犯罪課の検察官として勤務している。目の前には誘拐された若い娘の写真があった。写真は数時間前からテレビで流され、インターネットでも公開された。写真を被疑者の住まいで発見したのは警察だ。被疑者は部屋の壁一面に、大きく引き伸ばされたこの写真を何枚も壁紙のように貼りつけていた。そのうえ、ベッドの上の写真には指で赤い十字架が描いてあった。法医学者の所見で、赤いのは動物の血だと判明したが、それでほっと胸をなでおろす者はひとりもいなかった。

六十四時間前、警察にかかってきた一本の電話ですべてがはじまった。他の緊急電話とおなじように、この電話も記録された。電話をかけてきたのは女性で、声は若く、おそらく十六、七歳。「恐いの。車のトランクルームに入れられているんです。男の人に頭をかまれました」といった。娘は被疑者の氏名と被疑者が住んでいる通りの名を告げた。娘は他にもなにかいったが、とても小さな声で、うまく聞きとれなかった。警官たちは、誘拐犯に聞こえないように、娘が声をひそめたのだと思った。「彼は悪夢を…」あるいは「彼は悪魔の…」と娘はいったが、ランダウも正確には聞きとれなかった。そのあと通話は途切れた。

電話を受けたあと、パトカーが現場へ向かった。通常通りの対応だった。警官たちは中庭のゴミコンテナで服を見つけた。引き裂かれ、血だらけだった。捜査判事が家宅捜索令状をだすに足る状況だった。きっかり一時間後、刑事が被疑者の住まいのベルを鳴らした。男がドアを開けた。落ち着き払っていた。

男のベッドの前の床に血痕が見つかった。法医学者は、ゴミコンテナで見つかった服についていた血液とおなじだと判定した。ベッドの下の箱にはSMポルノビデオ、手錠、鞭、目隠し、猿《さる》轡《ぐつわ》、バイブレーター、アナルチェーンなどのグッズ。手錠と鞭には皮膚の角質が付着していた。それもまた身元不明の女性のものだった。

タンスのシャツのあいだからブリキのケースが見つかり、そこからメス、クリップ、開頭具、電動骨鋸《ほねのこ》がでてきた。

女性が警察に電話をかけてきた日に、被疑者がレンタカーを借りていたことが、数時間後に判明した。問題の車はレンタカー会社から押収した。トランクルームにわずかに血痕があり、DNAが女性のものと一致した。被疑者はこの車で百九十四キロ走行していた。そのため数機のヘリコプターがベルリンから半径百キロの地域を捜索した。赤外線カメラを搭載して、何時間もベルリン周辺の森林地帯や耕地を飛びまわったが、お手上げだと、だれもがわかっていた。捜索する地域があまりに広大すぎる。百人隊が八部隊も動員され、ベルリン警察の捜査官全員が休みを返上した。

今回の刑事手続きはすべてが奇妙だ、とランダウは思っていた。捜査官は若い娘の名前を知らない。年齢も、出身地も、何者かもわかっていなかった。今のところ脅迫状もなければ、犯人からの要求もなく、死体も見つかっていない。被疑者も犯人像からかけ離れている。裕福で、前科がない。身代金は動機にならなかった。「残念ね」とランダウはぼやいた。金がらみなら、話は早いのだ。結局、はっきりしているのは情況証拠だけだった。ランダウはコートを着て、警察署に出向いた。被疑者をもう一度、取り調べるほかないと思ったのだ。

取調室は四階にあった。殺風景な部屋だ。椅子が四脚とデスクが一台あるだけで、絵などはかかっていない。照明は蛍光灯だった。被疑者は窓辺にすわっていた。彼の右手は手錠で暖房用のパイプにつながれていた。取り調べは三回目だった。今のところ、すべての容疑を否認している。だがいまだに弁護士を要求していなかった。記録係は帰宅していたので、刑事が自分で供述を記録することになった。刑事は腰かけて、コンピュータを起動した。

「今のところ緊急逮捕されただけだが」刑事は男にいった。「あと数時間で捜査判事の前に連れていかれて、正式に逮捕状がだされるだろう。助かりたかったら、これが最後のチャンスだぞ。被疑者に認められている権利についての説明は覚えているね？　答えたくない場合は質問に答える必要はない」

ランダウ検察官は、はじめて被疑者と相まみえた。会釈しても、相手はまったく反応しなかった。

「女の子はどこだ?」刑事はたずねた。

「知らない」男は答えた。

「またはじめからやりなおしか。あんたが誘拐したことはわかっているんだ。だからのらりくらり返答するのはやめたまえ。女の子になにをした? どこにいるんだ? 彼女の名前は?」

「知らない」男は繰り返した。

「まだ生きているのか? どこかに監禁しているのか? 着るものは充分にあるのか? 水は? 食べ物は? 今夜がどんなに寒いかわかっているのか? 零下九度だ。外にいたら、きっと凍えているだろう」

刑事はまだコンピュータになにも打ち込んでいなかった。取調室には、テープレコーダーもビデオカメラもなかった。


取り調べというのはややこしい、とランダウは思っていた。そもそも犯人に自供する必要があるだろうか? すこしでも考える力があるなら、自供すれば負けるとわかるはずだ。すすんで自供するのは、減刑を期待しているときや、良心の呵責《かしやく》に苛まれ、悪夢を見ずにすむようになりたいと思うときくらいのものだ。ときには取り調べをしている捜査官の関心を引こうとして自供する犯人もいる。ランダウは、子ども時代の楽しかった思い出を話題にすれば自供に結びつくことがあると信じていた。実際これまで多くの取り調べをこなしてきた。だが真実をいわせるのがどれほど困難なことか、重々承知していた。

刑事は被疑者にいった。

「このままだと鏡で自分の顔を見ることができなくなるぞ。夜な夜な行方不明の娘があらわれて、一生あんたにつきまとうだろう。あんたがしたことは許しがたいことだが、まだ改心することはできる。あんたが今、口をひらき、すべてを語って、娘を救えば、裁判官は情状酌量してくれるはずだ」

刑事は被疑者に静かに話しかけた。単調な声だった。何度もおなじ言葉を繰り返した。ランダウにも理解できた。刑事はイメージを作り上げなくてはならない。被疑者がぞっとするようなイメージを。だが効果は望めそうにない。肝心の被疑者はうつむくか、窓の外を見つめるかするばかりで、反応しなかった。

取り調べは三時間におよんだ。「おれにも娘がふたりいるんだ」刑事がいった。「十二歳と十四歳」

刑事の声が変わった。どすが利いていた。

ランダウははっとした。刑事がどういうつもりなのか理解できなかった。もちろん賢明な刑事なら取り調べ中に主導権を明け渡すことはない。犯人の信頼を勝ちえることが先決だ。取調官が怒りやショックをあらわにしたり、相手が人間であることを一瞬でも忘れたりしたら、取り調べは、もはややるだけ無駄になる。取調官もいろいろ冒険して、多くのことを危険にさらすことはある。刑事と犯人のあいだに友情が芽生えるのではないかと思えるような取り調べを経験したこともある。しかし、自分の私生活を語る刑事はいない。これは危険すぎる、とランダウは思った。

刑事は立ち上がり、椅子の背もたれを持って、テーブルをまわり込んだ。椅子は金属製で、被疑者の目の前の床にガシャンと音をたてて置かれた。それから刑事はちらっとランダウのほうを向いて肩をすくめた。すまないと謝っているように見えたが、ランダウには、どういうことなのかわからなかった。

刑事は椅子に腰かけた。被疑者は顔を上げて刑事を見た。刑事は身を乗りだした。顔が被疑者の顔から三十センチと離れていないところまで迫った。

「観念しろよ」刑事はいった。「まずは説明する。おまえがこれからどうなるか、しっかり理解してもらう」

ランダウは、雲行きが怪しくなったことに気づいた。あとになって、このときのことを何度も思いだすことになる。そのたびに止めることができたか、自問する。しかしいつもおなじ結論に達した。止めることなどできなかった、と。

「今は」刑事はいった。「睾丸に電気ショックを与えたり、ナイフや拳骨を振りまわしたりはしない。それはハリウッド映画の中だけだ。タオルとバケツ一杯の水があれば充分さ。効き目はすぐにでる。ここにいるのはおれたちだけなんだよ、この豚野郎。他の捜査官はみんな出払っている。娘を捜索しているんだ。おまえがなにを訴えても、だれも信じやしない。おまえは怪我をしないから、傷痕も残らなければ、血も流れない。すべてはおまえの脳みその中で起こる。医者を呼んでもかまわないぞ。どうせ医者もなにひとつ突き止めることができないからな。それに、おれはおまえの訴えに反論するだろう。裁判官がどちらを信じるか、考えるまでもないよな。おまえは強姦魔だ。年貢の納めどきだ。これからおまえにすることを、三十秒以上耐えられる奴はどこにもいない。たいていの奴は三、四秒で降参する。おまえは……」

その瞬間、ランダウは動いた。立ち上がったのだ。そしてなにもいわず、部屋をでた。明るく照らされた廊下を歩いて、トイレに向かった。トイレの扉が背後で閉まると、ランダウはそこに寄りかかった。塩素と液体石鹼のにおいがした。気持ちが落ち着くと、ハンドバッグを台に置いて、顔を洗った。手洗い鉢にかがみ込んで、冷たい水をうなじにかけ、そのあとペーパータオルをたたんで濡らし、両目に当てた。それから窓を開けた。

〝ドイツ連邦共和国基本法とベルリン州憲法に忠心より尽くし、法を遵守し、公衆の福祉のために職務を果たし、我が責務を良心をもって全うすることを誓う。願わくは、神よ、我を助けたまえ〟十二年前、ランダウはそういう宣誓をした。今でも暗記している。〝願わくは、神よ、我を助けたまえ〟。若い検察官のほとんどは、この文言に見向きもしない。法は各自の判断に委ねている。しかしランダウはこのとおりに宣誓した。そしていまだに信仰心を持っていた。慈悲深く、秩序を望む神を子どものように信仰していたのだ。

ランダウは古い建物の中庭を見た。闇に沈み、明かりがともっているのはごくわずかな部屋だけだ。彼女は深く息を吸い込んだ。空気が冷たく、肺が痛くなるほどだった。窓を閉めると、暖房機に腰かけた。靴を脱いで、足をもむ。もう二十六時間眠っていなかった。

四年前に関わった刑事訴訟手続きが脳裏を過《よ》ぎった。嫉妬に駆られた夫が妻の胸に沸騰した牛乳をかけた。妻を罰しようとしたのだ。ランダウは夫を起訴した。ところが妻は公判手続き中に自殺した。この件のあと、ランダウは職を辞そうと思った。そのとき課長が彼女にいった。

「われわれは勝ちもしなければ、負けもしない。われわれは己の職務を遂行するだけだ」

恐ろしい言葉であると同時に心を慰めてくれる。爾来《じらい》、ランダウは毎日、この言葉を肝に銘じている。

ランダウは勢いをつけて腰を上げた。突然、意識が鮮明になった。トイレから飛びだし、廊下を走って取調室のドアを力任せに開けた。刑事と被疑者をふたりだけにしてから二十四分が経過していた。


その後、ランダウは刑事とふたり、明るい職員食堂で席についた。刑事はベルリン警察の中でももっとも経験豊かな捜査官のひとりで、ランダウより十五歳年長だった。ランダウが重大犯罪課に勤務したときからの知り合いだ。刑事が慎重で控え目なことは知っていた。一度も銃を抜いたことがないし、彼の判断は非の打ち所がなかった。どうしてあんなことをしたのか、とランダウは刑事にたずねた。あれから刑事はずっと口をつぐんでいる。水の瓶のラベルをはがすと、それをテーブルに貼り、手で平らになでつけた。刑事はラベルを見つめたままなにもいわなかった。

しばらくたって、ようやく口をひらいた。十八年前の事件だといって、別の誘拐事件の話をした。

「いまだにどんな細かいことも覚えている」刑事はランダウと視線を合わせずにいった。「男の手首の金鎖、男のシャツのはずれかけたボタン、男の薄い唇、そして指でテーブルをたたく男の仕草。二日後、男は観念して、森の中の埋めた場所へおれたちを連れていった。森へ向かう車の中で、おれは男の横にすわった。男は汗臭く、口元によだれをため、よく咳き込んだ。男はニヤニヤしたが、それでもおれは手荒なまねはしなかった。〝クリスマス前の十二日間〟、その言葉が移動中ずっと脳裏に浮かんでいた。今日とおなじくらい寒い日だった。おれたちが現場に着くと、パイプが地面に刺さっているのを同僚が見つけて駆けだした。走りながら上着を脱いだ。パイプから落ち葉を払い、すぐ助けるぞ、と叫んだ。おれたちはパイプの前に膝をついて狂ったように雪と凍土を掘った。同僚のひとりが木箱をこじ開けた。蓋の裏側には小さな少年がかきむしった跡が残っていた。少年の前腕には赤いシールが貼られていた。なにかの動物だった、ゾウかサイかそんな感じだった。シールはすり切れて、色褪せていた。蒼白い肌とあまりにそぐわなかった」

刑事は顔を上げて、ランダウをまっすぐ見つめた。

「そのシールというのが、この呪わしいラベルなんだ。忘れることができない。わかるかい？どうしても忘れることができないんだ」

その日の午後、ランダウ検察官は執務室で覚書を書き記した。長い文章ではなかった。わずか十二行。それを二度読み返し、署名して、その紙をファイルに綴じた。それから秘書室へ行って、この覚書を取調官にファックスするように指示した。

「どの件でしょうか？」秘書はたずねた。

「新しい訴訟手続きの件よ。ファイルはわたしの部屋にあるわ」ランダウはいった。「被疑者はゼバスティアン・フォン・エッシュブルク」

青／Blau

1

コンラート・ビーグラーはホテル・ツィルマーホーフのテラスに立っていた。機嫌が悪かった。山岳ガイドの話を聞いているところだ。ビーグラーが想像していたとおりの山岳ガイドだ。褐色に日焼けして、体が大きく、健康そのもの。きっと石鹼のにおいがするぞ、とビーグラーは思った。山岳ガイドはすこしイタリア語訛りがまじったドイツ語で話している。しっかりした、心地よい声だ。ホテルのテラスは〝およそ標高千六百メートル〟にあるという。〝ホテルからの展望〟は〝絶景〟で、〝百におよぶ峻峰〟に〝心が高鳴り〟、ここには他にも〝すばらしい牧草地〟と〝牧歌的な山岳湖〟があるという。

山岳ガイドはそうしたことを滔々《とうとう》としゃべった。着ているのはフード付きの赤いジャケット。ポリエステル製で、胸に狐のロゴマークがついている。〝多機能ジャケットだ〟とビーグラーは思った。山岳ガイドは次々に山の名をあげた。ブレンタ山群、オルトラー山、エッツターラー・アルペン、シュトゥバイアー・アルペン。山岳ガイドはすべて登頂しているにちがいない、とビーグラーは思った。

小さなリュックサックを担いだ女が小声でいった。「ホテル・ツィルマーホーフはシュネーコッペ山（チェコの最高峰スニェシュカ山のドイツ名）の頂上とおなじ高さにあるのね」女は目を輝かせて、山岳ガイドを見つめていた。

「ただしここには雪《シュネー》がない」そういって、ビーグラーはコートのボタンをとめた。


ビーグラーは三十一年間、ベルリンで刑事弁護人をしている。草、干し草、犬、猫、馬にアレルギーがある。〝ドイツは人間よりも自然を大事にする〟といいたくてむずむずした。しかしなにもいわなかった。彼にはどうでもいいことだ。山で暮らす必要はない。いずれここを去り、ベルリンにもどる。都会こそ人間の住むところだというのが持論だ。ビーグラーは気を取り直した。

「息抜きをするのです」と医者からいわれていた。


四週間前、ある公判のあと、ビーグラーはモアビート刑事裁判所の廊下で倒れた。いきなりだった。椅子の手すりに額《ひたい》をぶつけ、ずるずるっとすべるように床に沈んだ。医者の指示で入院させられた。おなじように燃え尽きた患者たちといっしょに輪を作ってすわり、カラフルな毛糸玉の投げ合いをさせられ、午後にはハサミで紙を切って人形を作らされた。二日後、ビーグラーはみずから退院を申しでた。

医者はせめて山に転地しなさいといった。一番いいのは南チロルだという。医者はパンフレットに書いてある宣伝文句を読み上げた。ホテル・ツィルマーホーフの静けさは、〝騒音がない〟というだけでなく、〝命の糧〟である〝内面の充実〟を意味するというのだ。この山岳ホテルで多くの人が命の洗濯をした、と医者はいった。ハイゼンベルク、プランク、フェルトリネリ、トロット・ツー・ゾルツ、ジーメンス、その他にもたくさんの作家や芸術家。詩人のオイゲン・ロートなど、このホテルを題材に詩まで書いている。ビーグラーは部屋を予約した。

ホテルの客は山岳ガイドとともにテラスを離れた。ビーグラーは立ち上がって、背中をそらした。ホテル・ツィルマーホーフの椅子は、どれも座り心地が悪い。ビーグラーは、わざとではないかと勘ぐっていた。他の客はほとんどがハイカーなので、フェルトのマットを椅子に敷くのは軟弱だと思っているふしがある。ビーグラーはつねにマットを二枚敷いた。

ビーグラーはコートのポケットから本を一冊だした。医者は読書を禁じなかった。本をひらく。ここへ来てすでに四日になるが、いまだに集中することができない。本のタイトルは『経営者のためのプラス思考法』。前の秘書が事務所を退職するときにくれたものだ。役に立つと思います、と彼女はいった。ビーグラーは、その手の本を山のように持っていた。『宇宙と調和して感じ、考え、行動しよう』『良心の力』『自覚した人生　自己啓発カード三十枚とオンライン素材付き』『シンパシーへのステップ七』、なかでもビーグラーのお気に入りは『散歩で培うプラス思考、勝つためのメンタルトレーニング』だ。その秘書はもう年金生活に入り、新しい秘書とはまだ一度しか顔を合わせていなかった。

妻のエリーも、彼の機嫌の悪さにはほとほと愛想をつかしていた。ふたりは結婚して二十八年になる。エリーは、ビーグラーが気むずかしいのは職業柄だと思っていた。殺人事件の弁護をするせいだ、と。だがそれはちがっていた。ビーグラーはプラス思考をまったくだらないと思っていたのだ。彼の事務所で、部下の若い弁護士にそういう考え方をするなと禁じたことさえあった。陽気な人間は幼いか、たちが悪いと思っていたのだ。

テラスの前では、農夫が草刈りをしていた。トラクターは美しかったが、排気管が壊れていた。ビーグラーは、農夫も壊れていると思った。毎日、牧草地のおなじところばかり刈っているからだ。ビーグラーはプラス思考を実践するべく、農夫に丁寧にあいさつしてみたことがある。農夫はきょとんとして彼を見つめた。ビーグラーは満足して会釈した。

彼はすこし歩いてみることにした。ホテルのまわりには、唐松材で作った五十台以上のベンチが並んでいる。ホテル・ツィルマーホーフの客はこのベンチを買って、村の家具職人に名前を刻んでもらうことができるという。ビーグラーはベンチを順に試してみた。どれも、山並み、牧草地、木々、野道、岩場といった〝のどかな景色〟が目に入らざるをえないように配置してあった。ビーグラーは、しだいに機嫌が悪くなった。

エリーをがっかりさせたくはない。ビーグラーは部屋にもどった。自分の弁護士事務所の面談室とほとんど変わらない狭さだ。ホテルのオーナーを呼ぼうかと、ちらっと考えた。刑務所の監房が十二平米以下の狭さだと人間の尊厳を蔑視していることになる。司法当局がそう判断していることを伝えたかった。だが実行には移さなかった。ここには休養するために来ているのだ。エリーはトレッキングシューズを買ってくれていた。靴底が赤い。ビーグラーは首を横に振りながら、それをはいた。

ホテルの裏手に細い道があり、森に通じていた。下草がむっとするにおいを発している。小動物が木の幹に取りついている。すきを見せたら飛びかかってきそうだ。ビーグラーはそのうち汗をかいた。雌牛が大きな空き地に群れている。ホテルが飼っている雌牛だ。ホテルのオーナーは、どの牛も、おとなしいといっていた。だが信用ならない。ビーグラーは距離を置いた。雌牛はみな、首から大きなカウベルを提げている。四六時中あんな音を聞かされていたら、耳が聞こえなくなるにちがいない。しばらく観察して、雌牛には意識というものがないという結論に達した。

ビーグラーはきびすを返し、ホテルにもどった。シャワーを浴びて、ベッドに横になった。二十分後、窓の下で新しい外階段を作る工事がはじまった。作業員たちはラジオを聴いていた。彼は窓を開けて、ツィガリロに火をつけた。女の客室係がノックをして注意をした。客室は禁煙だという。廊下にまでタバコのにおいがするといわれた。

二時間後、夕食を知らせるカウベルが鳴った。

食堂の隣の席に革の短パンをはいた男がすわった。男は動作が大きかった。黄色い毛の犬を連れていて、〝オオカミ〟と呼んでいた。男の妻はショートカットで、いかつい顔で、頬肉が垂れていた。男が鹿の角を柄にした大きなナイフを短パンに提げているのを見て、ビーグラーは席を変えてくれるように給仕人に頼んだ。

そしてシュトゥットガルトから来たという教員夫婦と同席した。夫婦は愛称で呼びあい、今日のハイキングのことで盛り上がっていた。

ビーグラーは黙っていた。メニューは〈焼きチーズ・ニョッキのトマトバターソースがけ〉。女の給仕人がパルメザンチーズを料理にかけた。ビーグラーは残さず食べられるか自信がなかった。教員夫婦の夫のほうが、ハイキングをしたのか、とビーグラーにたずねた。

「ええ」とビーグラーは生返事をした。

「ヴァイスホルン山にはぜひ登ったほうがいいですよ。すばらしい眺めが楽しめますから」夫から宝物《シェッツレ》と呼ばれている妻がいった。

「ええ」ビーグラーはもう一度いった。そのとき、ソースがシャツにはねた。

「ブレッターバッハ峡谷もいいですよ。ユネスコの自然遺産に登録されています。数百万年分の地層がまとめて見られますからね。まったくすごいです」

ビーグラーは答えなかったのに、宝物《シェッツレ》はあきらめなかった。「ここへ来てまだ日が浅いのでしょう？」

「四日だ」ビーグラーはそういってから、女の給仕人にパンを頼んだ。パンは乾燥していた。

「フロントでハイキング地図をもらうといいですよ」夫はいった。「便利です」

「ありがとう」ビーグラーはいった。

「今までなにを見たんですか？」宝物《シェッツレ》にたずねられた。

「村の墓地。遺影のエナメル画がよかったね。生き生きして見えた」ビーグラーはいった。

「そ、そうですか?」宝物《シェッツレ》は戸惑った様子でいった。「いっしょにハイキングしませんか? 明日、峠に登るんですよ」といって微笑みかけてきた。宝物《シェッツレ》は化粧をしていなかった。肌が健康そうなピンク色だ。

「いいや、結構」ビーグラーはいった。

「ハイキングはしないのですか?」教師はたずねた。メガネが料理の湯気で曇っている。

「ええ」

ふたりは啞然としてビーグラーを見つめた。こういうときは、エリーがいつも助け船をだしてくれる。だがそのエリーはいない。ビーグラーはナイフとフォークを置いた。「あなたがたは、なぜそんなに自然が好きなのかね?」

「なんですか、その質問は?」そういって、教師は笑った。「みんな、自然を愛しているじゃないですか」

「わたしは好きではない」ビーグラーはいった。「それにあなたの言葉は答えになっていない」

「なぜわたしが自然を愛しているのかというんですか?」教師はたずねた。

「……わたしたちは自然を必要としているわ。自然のほうはわたしたちを必要としているわけじゃないけど」宝物《シェッツレ》はいった。きつい言い方だった。

「まるで車に貼るシールのロゴのようだね」ビーグラーはいった。

「待ってください……あなたのことを知っていますよ」教師が気を取り直していった。「そうだ。テレビで見ました。ケルンで自分の家族を皆殺しにした殺人犯の弁護をしたでしょう」

「いいえ」ビーグラーは嘘をついた。仕事のことは話題にしたくなかった。「それより、あなたがたがなぜ自然が好きなのか、いまだにわからないのだが」

「ハイキングは楽しいし、命の洗濯ができるわ」宝物《シェッツレ》はいった。「それに……」

「……それに自然は、わたしたちよりもはるかに賢い」教師はいった。

「ナンセンスだね」ビーグラーはいった。「ウナギのことを考えてみたまえ」

「ウナギ?」宝物《シェッツレ》は嫌な顔をした。ウナギが好きではないようだ。

「自然を理解するなら、ウナギがうってつけだ」ビーグラーはいった。「ヨーロッパで見るウナギはみな、大西洋のバハマ諸島の近く、サルガッソ海で孵化《ふか》する。稚魚はそこからヨーロッパめざして泳ぐ。およそ三年かかる。わかるかね? 三年間、ただひたすら海を泳ぐんだ。海岸で変態すると、川を遡《さかのぼ》る。体をくねらせて濡れた草地を這うこともある。そして二十年間どこかの水場で暮らす。それだけでもいかれた話だが、そのあとがもっとひどい。海にもどったウナギは食べることをやめるんだ。そのうち目が飛びだし、腹部と臀部がへこみ、巨大な生殖器官を発達させる。それは本当に大きい。ウナギ自身を包んでしまうほどに。ウナギ自体が生殖器官そのものといってもいいくらいだ。そしてどうすると思う?」

教員夫婦はビーグラーを見つめた。

「産卵場へもどるんだ」ビーグラーはいった。「サルガッソ海まで五千キロ。息も絶え絶えになりながら到着する。他のウナギも来ている。ウナギは水深五百メートルまでもぐり、生涯に一度きりのセックスをする。もちろん闇の中で。そして死ぬ」

ビーグラーは皿を脇にやって、しばらく待った。

「いいたいのは、自然がウナギにまっとうな対応をしたとは到底思えないということだ。そもそも自然がまっとうな対応をしたことなど一度もないのではないかと思っている。自然は考えない。敵意すらある。よくて無関心というところかな。あなたがたの質問に答えよう。お誘いくださったことは感謝に堪えない。しかし山に登る気も、数百万年分の地層を眺める気もさらさらない」

ビーグラーは立つと夫婦に会釈して、自分の部屋にもどった。

外はまだ明るかった。窓の外の牧草地は下りの急斜面で、下の池までつづいている。池ではアヒルが一羽、ゆっくりと泳ぎまわっている。水は黒かった。耳の後ろで蚊の羽音がした。窓を閉めた拍子に親指をはさんでしまった。

小さな部屋はすぐに息苦しくなった。合成樹脂のシャワールームは洗剤のにおいがしていた。蚊を探しても見つからず、しかたなくシャワーを浴びて、寝間着を着ると、ベッドに横になった。ホテルのパンフレットを読んでみると、宿泊客は山小屋風の干し草のベッドを提供され、新鮮でいい気持ちが味わえるという。ビーグラーは、干し草アレルギーなんだが、と思った。山の空気アレルギーになったといったら、エリーはたして信じてくれるだろうか。

ビーグラーは目を閉じた。朝露に濡れた、草刈りしたばかりの牧草地で、短パンの男とがっしりした妻、そして教員夫婦といっしょに裸でスキップしているところを想像しながら、眠りについた。

2

ビーグラーは配送車のエンジン音で目を覚ました。夜、窓を開けっ放しにしていたのだ。ディーゼルの排気ガスが部屋に流れ込んだ。ビーグラーは腕時計を見た。午前六時になるところだ。もう一度眠ろうとした。数分後、朝のミサを告げる教会の鐘が鳴り、ビーグラーはため息をついて体を起こした。壁のフックにかけていたガウンを取り、パジャマの上から羽織ると、部屋履きをはいて外にでた。

冷え冷えとしていた。ビーグラーはツィガリロに火をつけた。エリーは今頃、朝食をとっているだろう。八時にはクリニックに出勤する。彼は妻に電話をかけた。

「退屈だ」

「楽しくないの?」

「高校教師用の魔の山(トーマス・マンの小説『魔の山』を指す)さ」

「ハイキングはした?」

「毎日したさ。もうすっかり元気だ。もうもどってもよさそうだ」

「まだそっちにいないとだめよ、ビーグラー」やさしい口調だが、エリーはなぜかいまだに彼のことを「ビーグラー」と呼ぶ。

「じつは食事がひどいんだ。ずっと腹痛を起こしている」

「でもすくなくともあと三週間はそっちにいないと」

ビーグラーはよく知っていた。エリーは言葉遣いがやさしくても、一歩も引かない。ビーグラーはツィガリロを吸って、咳き込んだ。

「タバコを吸う回数を減らすべきね」

ふたりは電話口で別れの言葉を交わした。ビーグラーは携帯電話をガウンにしまった。ベルリンにもどってザヴィーニ広場のカフェにすわりたかった。そこで新聞を読み、クロワッサンを食べ、道行く人々を眺めるところを思い描いた。

エリーはこのところよく、世界旅行がしたいといっている。他の国を見ようというアイデアは悪くない、だがいったん他の国に行くと、ビーグラーは耐えられなくなる。理由はさまざまだ。ベッドの具合、胃の調子、熱気、虫、移動手段。海に行くのは断固却下だ。人間は陸の動物だという持論を曲げなかった。

ビーグラーは何度かツィガリロを吸った。二度と法廷に立つことができないのではないかと不安だった。夜のあいだに雨水がたまった灰皿にツィガリロを置いた。

朝食をすまし、テラスで二杯目のコーヒーを飲んでいると、携帯電話が鳴った。自分の携帯電話だと思いもしなかったので、ビーグラーはほったらかしていた。他の客が彼を見て、そのうち、ひとりが眉をひそめたので、自分の携帯電話であることに気づいた。かけてきたのは秘書だった。事務長は、有能な秘書だといっていた。ビーグラー自身は、秘書が初出勤した日に病院に入院させられたため、その秘書をちらっとしか見ていない。若くてかわいらしくて、知的だった。

「おはようございます、先生。休暇はいかがですか？」

気持ちのいい声だ、とビーグラーは思った。やがてだれかと恋に落ち、結婚し、妊娠する。祝い金を払うのはわたしだ。

「まあまあだ」

「休養はとれていますか？」秘書はたずねた。

「バカンスで休養がとれる者などいない。用はなんだ？」

「お待ちください。今、電話をつなぎます」

ビーグラーの事務所にいる若い弁護士のひとりが電話にでた。「お邪魔してすみません。先生でないと判断できない案件がありまして」

「なにを判断しろというんだ？」

「今朝、拘置所から電話がありました。ある未決囚が先生に弁護を依頼したいといっているというのです。その恋人だという人物もうちを訪ねてきました。費用的には問題ありません」

「罪状は？」

「女性を殺害しました。例のちまたを騒がせている事件です。今でも毎日、ニュースになっています。この五ヶ月ずっと」

「みられている、といいたまえ」

「はっ？」

「女性を殺害したとみられている。判決が下るまでは、殺害したとみられているといいたまえ。きみはいったいなにを学んできたんだね？」

「申し訳ありません」

「すでに起訴されたのか？」

「一ヶ月前に。参審裁判所（職業裁判官と一般市民から選ばれた参審員で審理する裁判体のこと）は公判手続きの日程を決めたいといっています」

「担当はどの刑事部だ？」

「十四です」

「検察の担当官は？」

「モニカ・ランダウです」

「どんな人間だ？」

「六年前から重大犯罪課にいます。麻薬課から異動してきました。その前は強盗課でした。公正な人物だといわれています。しかしうちはまだ公判で対峙したことがありません」

「大柄で黒髪、四十代はじめか？」

「そうです」

「思いだした。精神鑑定の担当は？」

「まだだれも鑑定していません。依頼人が鑑定を拒否したのです」

「それは興味深い。しかしわたしはここを離れられない」

「そうは思ったんです。しかし調書に微妙な覚書を発見しまして。それで先生に電話をすることにしたんです」

「覚書？」

「依頼人にはこれまで国選弁護人がついていました。国選弁護人がその覚書に気づかなかったのか、それとも知っていて無視したのかはわかりません。いずれにせよ、まだ報道されていない事実でして」

「だから、覚書の中味は？」

その瞬間、農夫が排気管の壊れたトラクターに乗って、テラスの前を通り過ぎた。部下の声が聞きとれなくなったため、ビーグラーは携帯電話を耳に押しつけた。もっと大きな声でいえ、と怒鳴った。そのあとこういった。

「覚書をこのホテルにファックスしたりするな。外部に漏れる恐れがある。ここをたって、今晩、ミュンヘンのホテル・バイエリッシャー・ホーフに宿をとる。使いの者にそこへ持ってこさせたまえ。それから勾留審査（被疑者もしくは被告人・弁護人が請求し、裁判官・検察官とともに勾留継続の是非を審議する制度）を申請しておいてくれ。それと事務所のだれかにいって、わたしに調書の内容を説明する準備をさせるんだ。明日の午後二時頃には事務所に着けると思う」

「わかりました。すべて手配します」

「また連絡する」そういって、ビーグラーは別れの言葉を口にすることなく通話を終えた。

ホテルのオーナーは、ビーグラーが予約していた日数分の請求書をだした。請求書には水道水の値段もついていた。〝ツィルマーホーフの水〟という項目で、水差し一杯分が二ユーロしていた。ビーグラーは怒り心頭に発し、モンテーニュが旅籠《はたご》の主人について書いた言葉を引用して、昔からゆすりたかりばかりだ、と言い放った。

車に乗ると、ビーグラーの心は弾んだ。谷へくだる途中、車を止めて、リンゴの果樹園の中をぬう砂利道を歩いた。しばらくしてジャケットを脱いで腕にかけた。枝からリンゴをもいでかじり、ハンカチでうなじの汗をふいた。二時間後、歩き疲れて石に腰かけた。風はやんでいて、靴には土ぼこりがついていた。これですっかり気持ちが落ち着いた。去年の六十歳の誕生日が脳裏に蘇った。知り合いが「大事なものを入れて、庭に埋めておくといい」といって、スチール製の円筒形の容器をプレゼントしてくれた。その容器は核戦争でも持ちこたえられるという。ビーグラーはその容器を一週間デスクに置いていたが、そのあとゴミにだした。

ブレナー峠を越えるとき、ビーグラーはジャズを聴いた。ビル・エヴァンスの〈エクスプロレイションズ〉、ザ・デイヴ・ブルーベック・カルテットの〈タイム・アウト〉、ハービー・ハンコックの〈ザ・ニュー・スタンダード〉。十七歳のとき、ミュージシャンになりたいと思っていた。クラブに出演したこともある。ジャズトランペットを吹いていた。彼の丸くて柔らかい音が好きだといってくれる人たちがいた。だがそのとき、トロンボーン奏者のアルベルト・マンゲルスドルフを聴いてしまった。マンゲルスドルフはトロンボーンを吹き、マウスピースをくわえながら声を出して歌うという離れ業をした。ビーグラーは二度と演奏する気がなくなった。

イタリアとオーストリアの国境を越えるまで、エリーには電話をしないでいた。当然、彼女は怒った。「あなたって、救いようがないわね」

三時間後、ビーグラーはミュンヘンのホテル・バイエリッシャー・ホーフの前に車を止めた。「これぞ文明」ビーグラーはルームサービスのことをそういった。そしてコンシェルジュにチップをやりすぎた。

普段はシャワーしか浴びないビーグラーだが、その日はほぼ一時間、湯船につかった。フロアボーイが部屋に封筒を持ってきたとき、まだバスローブを着ていた。読書メガネを探してデスクに向かってすわると、さっそく覚書を読んだ。しばらくしてソファに移動した。まだ具合が悪いことはわかっていたが、仕事にもどるほかない。それにしても連中はやりすぎだと思った。

3

　二日後の朝六時、ビーグラーはベルリンで起床した。夜中に調書を読み、ほとんど眠っていなかった。それでも元気溌剌としていた。彼はエリーと朝食をとった。

「先週、樹木鑑定士が来たわ」エリーは新聞を広げながらいった。

「だれだって?」

「樹木鑑定士。木を伐るときは、樹木鑑定士の許可がいるのよ」

「なんだ、そりゃ」

「木は健康そのものだから、伐ってはだめなんですって」

　毎朝、朝食をとっているサンテラスの前に生えている木のことだ。その木のせいで部屋に日が差さない。

「このまま木の陰で、暮らせっていうのか?」

「そういうことになるわね」

「ドイツ人というのは本当にいかれている。あの木に毒を盛ろう。鉛とかな。どうやったらいいか知ってるか?」

エリーは答えなかった。

「だれか依頼人に電話をして、木を撃ち殺してもらうか」

「文句をいうのはやめて」エリーはいった。

二年前、エリーにいわれてビーグラーは精神分析医を訪ねた。あなたはますますひどくなってる、とエリーはそのときいった。ビーグラーは本当に精神分析医の診察を受けた。診察は八回、そのたびに、精神分析医の息づかいに耳をすました。診察は一回八十五ユーロもした。もちろんビーグラーは一言もしゃべらなかった。自分について考えるなど、退屈でしかたがないからだ。六百八十ユーロ支払ったところで、分析を受けるのをやめた。けれども、そのことをエリーにいう勇気がなく、いつかばれてしまうのではないかと戦々恐々としていた。彼はフロイト全集を買って、ときどきそこから適当な文章を引用した。それでなんとか誤魔化せないかと期待していた。

「例の芸術家の事件をあなたが引き受けるかもしれないって新聞にでていたわ」エリーはいった。

「たぶん引き受けることになる」

「本当に犯行におよんだようだ、と新聞には書いてあったけど」

「さもなければニュースにしないだろう」

エリーは、新しい秘書に花を持っていくようにすすめたが、ビーグラーは断った。「花は性器なんだぞ。そういうものを贈れるか。相手が若い女性ならなおさらだ」

朝八時、モアビート拘置所に向かった。受付でエッシュブルクの委任状を呈示し、依頼人に接見したい旨を伝えた。女性刑務官は電話をかけてから、休養はとれましたか、とビーグラーにたずねた。ビーグラーは答えなかった。

「エッシュブルクは今のところもっとも有名な未決囚です」女性刑務官はいった。「とてもおとなしい人です。たいてい監房のベッドに横たわっていて、看守やおなじ未決囚にも礼儀正しく接しています。中庭での運動は断っています。今のところ苦情をいうことはなく、特別扱いを求めてもいません」

「扱いやすそうじゃないか」ビーグラーはいった。

「でもなにか奇妙なんです」

「奇妙？」

「よくわからないんです。なんとなくそんな感じがするというだけで」

「そんな感じね」ビーグラーがいうと、女性刑務官はうなずいた。

　数分後、エッシュブルクが連れてこられた。ビーグラーは彼といっしょに、弁護士の接見室に入った。

「タバコは？」ビーグラーはたずねた。

「禁煙中です」エッシュブルクはいった。

　ビーグラーはツィガリロをしまった。「どっちみち接見室は禁煙なんだがね。わたしに弁護を依頼してきたということだが」

「ええ」

「国選弁護人がいたね」

「しかしこれからはあなたが必要なんです」

「なぜかね？」

「塀の外の人間はみんな、わたしが殺人犯だと思っています」

「自供したわけだからね」

「ええ」

「あなたは署名もした」

「ええ。しかし強要されたんです」

「自供内容はちがうということかね？」

「わたしが殺人犯ではないという前提で、あなたに弁護してもらいたいのです」

「殺人犯ではないという前提で？　よくわからないな。あなたは殺人を犯したのかね、それとも犯していないのかね？」

「それは重要なことですか？」

いい質問だ。依頼人からそういう質問をされるのははじめてだ。ジャーナリストならそういう質問をするだろう。学生や司法修習生がそういう問いをたててもおかしくない。

「弁護をするのに重要なことではない。あなたの訊きたいのは、そのことかね」

「あなた個人にとっては？」

「弁護をするときは、弁護がすべてだ」

「あなたに弁護してもらいたいと思っている理由はそこにあります。だれもがそういう考え方をしているわけではないので」エッシュブルクは落ち着いていた。「調書は読みましたか？」

「はるかにひどいものを見てきた」

「どうやってわたしを弁護しますか？」

ビーグラーはエッシュブルクを見た。

「殺人で起訴された場合、無罪になるには六つのケースがある。その一、殺すことが正しかった場合。めったにないことだ。その二、正当防衛。その三、事故だった場合。その四、自分のしたことがわからないか、自分の行為が不法行為であると認識していない場合。その五、真犯人があなたではなく、別にいる場合。その六、そもそも殺人がおこなわれていない場合。消去法でいこう。正当防衛、事故、責任能力なしで戦うのはむりだ。次に真犯人が別人である場合。あなたでなかったら、犯人はだれかな？」

エッシュブルクはすこし考えていった。「犯人はいませんね」

「隣人は？」

「いますよ。女性で、セーニャ・フィンクスという人です」

「どういう人かね？」

エッシュブルクは知っていることを、ナイフ事件や、負傷したことまで洗いざらい話した。

「なるほど」ビーグラーはいって、手帳にすべて書き記した。「あとで考えてみよう。そして残る可能性はひとつ。これが一番興味深い。殺人がなかった場合だ」

「わたしは自供しました」

「ああ、自供した」

「しかし？」

「検察は、自供が公判で証拠となるよう全力を尽くす。だがおそらく、参審員は証拠として認めないだろう。そうなると、裁判官は他の情況証拠で立件が可能か検討する必要にせまられる。そこには解決していない問題がある。問題の女性はだれか？　そしてその女性の死体はどこにあるのか？　あなたの自供はこの点に答えていない」

「法廷では質問に答えないといけませんか？」

「いいや」ビーグラーは調書をひらいた。「ここを見てみなさい。自供の最後の一文だ。〝わたしはその死体を消した。溶かしたのです〟ここで取り調べは終わっている」ビーグラーは調書の天地を返してエッシュブルクに差しだし、その箇所を指差した。

「覚えています」エッシュブルクはいった。

「どうやったのかね？」

「なにをですか？」

「証拠隠滅だよ。奇術師のフーディーニじゃあるまいし」

「薬品で」

「ほう」

「写真家ですから、手に入れる方法を知っています」

「それで?」

「死体を塩酸につけました。溶けてなくなりました」

ビーグラーは調書を引きもどし、カバンにしまうと、立ち上がった。

「弁護はできないようだ」

「なぜです?」

やっとだ、とビーグラーは思った。はじめて反応があった。

「信じられないからだ。もちろん真実をいう必要はない。すべて否認してもいいし、黙秘してもいい。手を替え品を替えして、話を変えたっていい。嘘をつくのはかまわない。しかしひとつだけ、納得できないことがある。それは依頼人がやってもいないことを告白することだ」

「どういうことでしょうか?」エッシュブルクはいった。

「塩酸で死体を溶かすということだ。それは推理小説の世界でのことでしかない。実際にはむりだ。うまくはいかない。塩酸に数日つけても、肉体は完全には溶けない。それに、黄色っぽく濁ってしまい、肉体の断片が残ってしまう。歯や骨はいうまでもない」

「ベルギーの牧師がやった事件はどうなんですか?」

「調べたのかね? おもしろい。アンドラーシュ・パンディのことだね」ビーグラーはコートを着ながらいった。「たしかに、パンディは八人いる自分の子どものうち四人を殺した。しかし使ったのは塩酸ではなく、排水管クリーナーだった。当時、どこの薬局でも買えた。パンディの娘が犯行を自供した。この娘もかなりひどかった。父親と自由に寝られるようにするために自分の母を銃で殺害したんだ」

ビーグラーはコートを着たまま接見室を歩きまわった。両手を背中で組んだ。警察大学で講演をするときによくする恰好だ。

「娘は、死体をばらばらにして排水管クリーナーにつけ、それから下水に流したと自白した。だれも信じなかった。ベルギーの捜査判事が本当かどうか確かめることにした。わたしの記憶では、学問的に実験されたのは、これが最初で最後のはずだ」

「うまくいったんですか？」

「実験では、豚の頭を切り刻んで排水管クリーナーにつけた。驚くべきことに、二十四時間以内にすべて溶けてなくなった。歯も髪も骨も含めて。その後、人間の死体の一部でも試された。とんでもないことだ。倫理的に問題がなかったとはいえない。そのことについて論考を書いたことがある。人間の死体でも、豚の場合とおなじ結果になった。すべてまたたくまに溶けてしまったんだ。その排水管クリーナーはイギリス製で、商品名はクリーネスト」ビーグラーは微笑んだ。「ある意味ぴったりな名前だ。そう思わないかね？」

ビーグラーはエッシュブルクの横に立ち止まると前屈みになった。「しかしそれは十四年前の一九九八年の話だ。実験が公にされると、クリーネストのメーカーは排水管クリーナーの配合を変えた。だが塩酸は、はじめから含まれていなかった」

調書にあったエッシュブルクについての記述と自分の印象にかなりのズレがあったので、ビーグラーは戸惑った。エッシュブルクが冷血漢だなんて、とんでもない話だ。なにかがちがう。エッシュブルクはなにかを待っているように思える。だがそれがなにかわからなかった。

「嘘をついてはだめだね」ビーグラーはいった。「死体をばらばらにすることなど、あなたにできるはずがない。そんなに簡単なことではない。では失礼する」

「ちょっと待ってください」そういうと、エッシュブルクは上着から新聞の切り抜きをだして、テーブルに置いた。ビーグラーはその切り抜きを手に取った。自分についての記事だった。以前、強姦事件の弁護を担当したときのものだ。

「それで？　もっと有名な弁護士もいるだろう」ビーグラーはいった。

「そういうことじゃないんです。あなたはこのインタビューの中でいっていますね。法とモラルがちがうように、真実と現実も別物だ、と。聞こえがいいからそういっただけのことですか？」

他の囚人とおなじように、エッシュブルクは蒼白かった。黒いカシミアのカーディガンと黒い丸首セーターを着ているから、よけいに肌が蒼白く見える。

「それから、ミュージシャンになりたかったと語っていますね。しかし大学では法学を専攻した」エッシュブルクは読み上げた。「〝法廷は真実と向きあう最後の重要な機関だ〟。だからあなたに弁護してもらいたいんです」

「ずいぶん昔の話だ。あなたは人を殺害した容疑で起訴されているんだよ。もっと自分のことを考えたほうがいい」

「そうしていますとも。弁護していただけますか？」

「現実と真実が別物だからかね？」

「あなたはそのことを理解しているからです」

ビーグラーは時計を見て、また腰をおろした。

「いいだろう。あなたの事件には興味を覚える。しかし消えたとされる死体が気になるからではない。あなたが有名な芸術家だからでもさらさらない。わたしが興味を抱くのは、この件で拷問がおこなわれたからだ」

「詳しく話したほうがいいですか？」

「いいや。検察官の覚書がある。決め手はそれだけだ。あなたが発言しても、法廷は信じないだろう。ひとまずは覚書で充分だ。明日あなたの件で、担当検察官と裁判長のふたりと日程調整をする。明後日、あなたの勾留審査がおこなわれるはずだ。あとは成り行きを見る。今日のうちに調書の写しをあなたのところへ届けさせるとしよう」


ビーグラーは地下の階段を通って拘置所から裁判所へもどった。濡れた落ち葉が路上に落ちていた。車のボンネットにも張りついている。バスの大きなガラス窓が曇っていた。

女性刑務官のいったとおりかもしれない。たしかになにか腑に落ちないところがある。さっきの新聞記事だが、拘置所で手に入れたとは考えづらい。だとすれば、逮捕される前から持っていたことになる。ビーグラーは突然、胸がしめつけられた。痛みが肩から下顎にかけてひろがった。裁判所の壁に寄りかかって、痛みが引くのを待った。寒かったが、コートを脱いだ。

ビーグラーは小さな公園を抜けて教会まで歩いた。もう何年も教会に足を向けたことがなかった。息子の洗礼式以来だ。扉は開いていた。帽子を取り、最後列のベンチにすわる。教会はがらんとしていた。日の光が黄色い窓から斜めに差して、床を照らしていた。だれかがベンチに自分のイニシャルを刻んでいた。ビーグラーは前列のベンチの背もたれに額をのせた。床のタイルに欠けたところがある。靴でそこをこすった。しばらくそこにすわったまま、そのタイルを見つめた。

教会の前の歩道で、少年が自転車を直していた。自転車を逆さに立てて、ペダルで後輪をまわしていた。車輪がひしゃげている。少年は両手が汚れ、ひじをすりむいていた。車輪を腕で曲げもどそうとしている。

「それはむりだな」ビーグラーはいった。少年が見上げた。ビーグラーは肩をすくめていった。

「ついてなかったな」少年は懲りずに試した。ビーグラーはしばらく見ていたが、上着から財布をだすと、少年に二十ユーロ与えた。「これで新しいリムを買いなさい」ビーグラーはいった。

少年は金を受けとると、なにもいわずにしまった。

4

「アーモンドビスケットはいかがかな?」裁判長はビスケットの入った缶をデスク越しに差しだした。金ボタンのついた紺色のブレザーを着ている。胸には架空の紋章が縫いつけてある。髭はきれいに剃り、肌はピンク色で二重顎、耳が立っていた。丸縁メガネは大きすぎる。裁判長を知らない人間なら、やさしい人だと思うだろう。いや、すこし抜けていると評するかもしれない。

「家内が焼いたんですよ」裁判長はいった。

ランダウは首を横に振った。ビーグラーはビスケットをひとつ手に取った。味はいまひとつだった。ビーグラーは数年前、この裁判長が女性の司法研修生と情事にふけったと噂になったことを思いだした。そのせいで連邦裁判所への栄転がなくなった。

「ありがとうございます」とビーグラーはいった。

裁判長はビーグラーがビスケットを口に入れるのを見ていた。

「家内はビスケットを焼くのが得意でしてね」裁判長はいった。「もうひとついかがです?」

「ありがたくいただきます」自分は食べないのか、とビーグラーは思った。

「起訴状はあなたのところに届いていますか?」裁判長はビーグラーにたずねた。

「ええ、届きました」ビーグラーは口の中を小麦粉と砂糖でいっぱいにしながらいった。

「それでは、はじめましょうか。あなたが猶予期間を求めなければ、来週の月曜日に初公判をひらきたいと思います。別の審理が思いがけず中止になりまして、こちらを扱う時間ができたのです」

「それは少々唐突ですね」ビーグラーはいった。「わたしはまだ準備ができていません。では勾留審査はひらかれないということでしょうか？」

「ええ、あなたさえよければ、このまま公判をはじめたいと思います」裁判長はいった。

「ではエッシュブルクの勾留は取り消されるのですね？」

「なぜ取り消さなければならないのですかな？」

「自供は無効だからです。刑事は拷問をすると脅しました。ランダウ検察官の覚書でその事実は明らかです」ビーグラーはいった。「早く公判がはじまることは歓迎しますが、エッシュブルクの釈放を求めます」

　裁判長はうなずいた。

「拷問の問題は公判で争点のひとつになるでしょう」といってから、裁判長はランダウを見た。

「公判で明らかになると思います」ランダウはいった。

　なかなかやるな、だが少々自信なげだ、とビーグラーは思った。椅子にすわったままランダウのほうを向いた。

「なぜ事前に明らかにしなかったのか、そこが解せませんな。あなたはその場にいたはずなのに、エッシュブルクの自供内容を平気で起訴状に取り入れるとは。それが無効なことは、ここにいる全員がわかっていることでしょう」

「無効かどうかは法廷が決めることです」ランダウはいった。

「ばかなことをいっちゃ困る」ビーグラーはいった。

「これはゆゆしき問題です」裁判長はいった。「かれこれ三十年近く裁判官をしていますが、拷問がおこなわれたことはただの一度もありません。この非難が本当なら、もちろん自供内容は無効になります」裁判長の口調は厳しかった。「だがランダウ検察官の意見が正しい。拷問の問題は公判の中で白黒つけることにします。ビーグラー弁護士、あなたの依頼人が陳述する前に、問題の警官、そして場合によっては、ランダウ検察官自身にも証人尋問することになるでしょう。そのうえで、あなたの依頼人が自供を繰り返すかどうかですね」

「そのことについてはまだ依頼人と話していません」ビーグラーはいった。「しかし、そもそもこれが事件だということが信じられませんね。死体がないじゃないですか。だれが殺されたかもはっきりしていない。もちろん過去にこちらの刑事部がかつて死体のない殺人について審理したことは知っています。しかしそのときは目撃者が複数いて、数百の情況証拠が……」

「死体の写真もありました」裁判長はいった。

「そうです。しかし今回はなにもない」ビーグラーはいった。

「それはないでしょう」ランダウはいった。「被害者から警察に電話があったんですよ。それにSMポルノビデオ、手錠、鞭、手術用具、レンタカーから検出された血痕、ゴミコンテナにあった引き裂かれた服などを押収しています。これらの情況証拠はあなたの依頼人の自供と無関係です」

ランダウが食ってかかったことに、ビーグラーは好感を持った。自分もそうするだろう。

「今のところはっきりしているのは、身元不明の女性から電話があったことだけです」ビーグラーはいった。「しかしその女性がだれかわかっていない。いたずらかもしれない。あるいはお門違いの嫌疑。エッシュブルクは非常に有名で、そういう有名人のご多分に漏れず、彼も絶えずそういう誹謗中傷の的になっています。それを盾に取られても。他の情況証拠については、ひとつとして所持することが禁じられたものではないのでは？　それから服でしたっけ？　それがなぜ引き裂かれたか、本当に知っているのですか？　それに引き裂いたのがだれかわかっているのですか？　それが理由で禁固二十五年の判決が下されるなんて、本気で思っているのですか？」

「疑われるようなことをしているあなたの依頼人が悪いのです」ランダウはいった。

「そんなことをいって恥ずかしくないのですか？」ビーグラーはいった。

「裁判所は情況証拠を個別に評価したうえで総合的に判断するでしょう」ランダウはいった。

「裁判所がどうするかよくご存じで、すばらしいことです。しかし……」

「もういいでしょう」裁判長はビーグラーの言葉をさえぎった。「ここで議論しなくても」

「タバコを吸ってもいいですか？」ビーグラーはたずねた。

「冗談じゃありません。ここは公共の建物ですよ」ランダウはいった。

「いや、ここはわたしの執務室です」裁判長はいった。「しかし、タバコはごめん被《こうむ》ります。ビスケットをもうひとついかがですか」

　ビーグラーは首を横に振った。すでに胸焼けがしていた。

「検察官、いま公判の先取りをするつもりはありません」裁判長はいった。「しかしもう一度、調書の内容を検討したほうがいいでしょう。証拠はたしかに弱いですから」

「あいにく証拠を売り買いするルートはないですからな」ビーグラーはいった。

「口を慎んでください」ランダウはいった。

「おお、そうですか？」ビーグラーは腹を立てた。「わたしの依頼人は勾留されて十七週間になる。あなたは数ヶ月捜査して、まともな証拠も見つけられず、わたしの依頼人の自由を奪っている。猫に餌をやるようなものだよ。そちらの刑事は拷問をするといって脅した。新聞にはまだ書かれていないことだ。しかしこれからはそうはいかない。あなたはエッシュブルクのプライバシーを白日の下にさらした。あなたのせいで、彼の写真はもう売れなくなるだろう。それなのに、今回の訴訟手続きでもっとも重要なことについては口をつぐんだ。そのうえ白々しくも足を組んでここにすわって、わたしに口を慎めというのかね？」

「ビーグラー弁護士、落ち着いてください」裁判長はいった。「それらの情報がどうして報道機関に漏れたのか、わかっていないのですから」

「そんなことは知るに及びません。捜査手続き中に起こったことです。そしてランダウ検察官は捜査手続きに責任を負っているのです。被疑者は捜査手続き中、国の特別な保護下に置かれるはずですね。しかし、どの新聞もわたしの依頼人が有罪であるかのように報道している。それなのにどうやって落ち着けというのですか？　検察局が一方的な情報操作をするとは、まったく恥知らずもいいところです。わたしはこれまで報道された記事をファイルにしてすべて目を通しましたが、拷問をちらつかせて脅したという報道はまったくありませんでした。唖然というほかないですね。怠慢のことを話したついでに、この際いってしまいますが、今回の起訴にはまったく納得がいきません。この訴訟手続きはなんですか？　死体なき殺人は、ほぼ解決不能な案件ですよ。しかも犠牲者がだれかすらわかっていないときている。あまりにばかげています」

裁判長はニヤニヤしている。ビーグラーは気に入らなかった。

「ランダウ検察官、たぶん証拠の売買をしなくてもよさそうです」裁判長は笑みを絶やさずにいった。「裁判所はもう一度血痕を鑑定させたのです。一度目の鑑定では見落とされていたことがあったので。ビーグラー弁護士、あなたの依頼人の遺伝子が被害者と思われる人物の遺伝子と比較されていなかったのです。法医学研究所で比較するのが標準なのですが、たまに忘れられることがあるのです」

「おっしゃっていることがわからないのですが」ビーグラーはいった。ランダウも裁判長を見つめた。

「遅まきながら比較させたのです。昨晩、鑑定結果が法医学研究所から届きました」裁判長はランダウとビーグラーにコピーを渡した。「ごく一部ですが、行方不明の女性のアイデンティティが判明しました。鑑定の結論だけいいましょう。身元不明の女性はエッシュブルクの姉妹だとのことです」

5

次の日の朝、ビーグラーはまず拘置所を訪ね、法医学者の新しい鑑定書をエッシュブルクに見せた。

「犠牲者があなたの姉妹だと判明した。驚いたかね？」ビーグラーはたずねた。

「それを突き止めるのにこんなに時間がかかるなんて、そちらのほうが驚きです」エッシュブルクはいった。

「あなたには面食らわされてばかりいる、エッシュブルクさん」

「すみません」

「あなたは協力する気がないのか、できないのか、どちらだね？　今のところ、消えた女性があなたの母の子なのか、父の子なのかはわかっていない。鑑定人は、それを明らかにするには両親の遺伝子が必要だといっている。検察はあなたの母の線から捜査することになるだろう。そちらのほうが遺伝子の入手が簡単だからな」

エッシュブルクは肩をすくめた。

ビーグラーはしばらく待って、ジャケットから手帳をだした。

「では別の件に移る。もうひとつ問題があるんだ。このあいだ会ったとき、あなたはリーニエ通りの隣人のことを話題にしたね」

「セーニャ・フィンクスです」

「うちの事務所の者が調べた。だがそこにはだれも住んでいなかった。隣人はいない」

エッシュブルクは驚きの色を隠さなかった。

「でも、会っているんですよ。屋上でも、彼女の住まいでも、病院でも」

「あなた以外にその女性に会ったことのある人はいるかね？　だれか覚えがないかな？」

「知りません……いつも彼女とはふたりだけで会っていました。でも彼女を襲った男に殴られたとき……わたしは入院しました。診断書があるはずです」

「ああ、あるとも。警察があなたの住まいで発見している」ビーグラーは薄緑色の紙にプリントされた書類をアタッシュケースからだした。「これが病院の診断書だ。転倒し、頭に重傷を負ったと書いてある。裂傷と脳震盪」

「殴られたんです」

「あなたはそう話していたね。警察にも確認をとったが、そういう事件があったという記録はなかった」

「それはないに決まっています。フィンクスに頼まれて、訴えなかったのです。でも、待ってください……住まいの古い賃貸契約があるはずでしょう」

「うちの事務所の者はそちらもあたってみた。あの建物の前の所有者がスイスのある資本会社であったと台帳には記されていた。賃貸していたあの物件をその会社から買い取ったのはあなた自身だ。スイスの会社はその売買が成立したあと解散し、チューリッヒの管理人はあの建物に関わる書類を一切持っていなかった」

「セーニャ・フィンクスは家賃をいつも現金でわたしの郵便受けに入れていました。たいした額ではありませんでしたし、賃貸契約もとくに結びませんでした」

ビーグラーは立って、窓辺へ行った。エッシュブルクが気の毒に思えた。彼には助けが必要だ。

「わかってもらわないといけないね。セーニャ・フィンクスは存在しない。住まいは空き家だった」ビーグラーはゆっくり話した。「あなたのお友だちのソフィアさんとも電話で話した。ソフィアさんもその女性に会ったことがないといっている」

エッシュブルクはかぶりを振り、がっくり肩を落とした。

「それでも弁護をつづけてくれますか?」エッシュブルクはたずねた。

「公判を目前にして依頼人を見捨てることはできないし、裁判所はわたしを国選弁護人として選任するだろう。あなたの姉妹についてすこし話してくれないかね。検察に先を越されれば、われわれは負ける」

「わかりました」エッシュブルクはしばらくしていった。「話します」

接見のあと、ビーグラーはタクシーで、よく昼食をとっているレストランに向かった。経営者の夫婦はイタリア人を自称しているが、本当はレバノン人だ。飲食店での喫煙は禁じられているが、その店にはいまだにタバコを吸わせてくれる暖炉付きの裏部屋があった。ビーグラーはひとりでそこの席についた。ソフィアと会う約束をしていた。

スパゲッティを注文してから、ビーグラーは事務所に電話をかけ、昨日書いたプレスリリースを通信社や新聞社へ送るよう秘書に頼んだ。これで拷問の問題が議論を呼ぶだろう。

もちろん公判で問題にされないまま横行している、拷問や脅迫や騙しがあることはわかっている。どんな時代にも、そういう行動を取る警察官はいる。ビーグラーは覚書を書き記したランダウに感謝していた。これがなかったら拷問を証明することはできないだろう。被告人がそういうことを訴えても、法廷は信じない。それでも、ランダウがどうしてあんな覚書を残したのかが、まったく理解できなかった。

青

ソフィアがレストランに入ってくると、ビーグラーは立ち上がって手招きした。エッシュブルクが話していたとおりの女性だった。他の客が振り返って見たほどだ。〝こういうところに来るような人じゃない〟と、ビーグラーは思った。

ソフィアが注文したのは紅茶だけだった。ふたりは、デモのことや、工事現場や、この町の観光客のことなど、しばらく世間話をした。それからビーグラーはできるだけさりげなくいった。

「消えた女性がエッシュブルクの妹だということを知っていたかね?」

「えっ?」ソフィアの声はほとんど悲鳴に近かった。

「遺伝子鑑定でわかった。まちがいない」

「彼に妹がいるなんてちっとも知りませんでした。家族のことはぜんぜん話題にしないものですから」ソフィアはようやくコートを脱いで、椅子の背にかけた。「裁判にどんな意味を持つんですか？」

「自分の妹を殺すことも禁じられている」そういって、ビーグラーは食事をつづけた。

ソフィアは首を横に振った。ビーグラーは顔を上げた。

「すまない。検察は捜査を続行することになる。消えた女性がだれか、あるいは、だれだったか突き止めようとするだろう」

「信じてください。ゼバスティアンは人殺しなんてしません」

「恋人ならだれでも、そして妻ならたいていの人がそういう」

「彼が人にあいさつするとき、どんなふうにするか見ましたか？　できるだけ離れていられるように腕をいっぱいにつきだすんです。人を襲うなんてできるわけがありません」

「そうはいってもねえ」ビーグラーはいった。デザートを頼むかどうか迷った。エリーからは禁じられていた。

「信じられません」ソフィアはいった。

「信じる、信じないは勝手だ。昔の依頼人に、六年間住まいからでることのできなかった男がいた。人間が恐くて、接触することができなかったんだ。しかしインターネットでひとりの女と知りあった。どうやったのかは知らないが、男はその女とのあいだに子どもをもうけた。それから男の奇行がひどくなった。赤いものや緑色のものを食べなくなり、香水メーカーが付け狙っているといいだした。男はそこにいない人間と何時間も話をし、ついにはオートフレークしか口にしなくなった。もちろん女はその男と別れた。だが気立てがよかった。女は毎週、男を訪ね、代わりに買い物をし、男がすさんでしまわないように世話をした。それからまちがいを犯した。ふたりのあいだに生まれた子を見せることにしたんだ。男は女を絞め殺した。そのあと女の髪を洗い、手と足の爪にやすりをかけ、歯を磨いた。男は包丁で女を三十四回刺し、傷口に紙切れを差した。どの紙切れにもおなじ言葉が書かれていた。〝瓶の王冠〟。男はアパートの階段で逮捕された。赤ん坊はキッチンで、死んだ母親の横にすわって泣いていた。逮捕されたのは、両手が血だらけの男を見て、隣人が警察に通報したからだ。ところが彼には記憶がなかった。覚えているのは、手すりをつかんでいたことだけだった。手すりが、彼にとって最悪のものだったからだ。すさまじく汚かった、と男はいっていたよ」

「瓶の王冠にはどういう意味があったんでしょう?」ソフィアはたずねた。

「わからない」ビーグラーはいった。

ソフィアは弁護士を見つめ、ふたたびかぶりを振った。

ビーグラーは肩をすくめて、エッシュブルクから聞いた話を伝えた。彼の妹はオーストリア出身で、エッシュブルクの父が猟場にしていた村の出だという。

「これからどうするんですか?」ソフィアはたずねた。

「どうするって、もちろんオーストリアへ行かなくては。またぞろ、嫌気のする山に入らなければならないとはな。しかしこればかりは他にどうしようもない。なんだかエッシュブルクの使い走りをさせられているような気分だ。楽しい役回りではない」

「ゼバスティアンは、どうして妹の居場所をあなたにいわなかったんですか？」

「行けばわかるといっていた。奇妙な返事だと思わないかね？」

「彼らしいです」

「わたしは驚かされるのが好きではない。妻のエリーはわたしの誕生日に……」

「……妹はまだ生きているといったんですか？」

「いいや」ビーグラーはソフィアが気に入った。やさしい人だ。すこし慰めの言葉をかけてやりたくなった。「だが妹を殺したともいっていない」しかし声は、思ったほどやさしくなれなかった。

「いっしょに行ってもいいですか？」ソフィアはたずねた。「ここで待っているのはいやです。耐えられません」

ビーグラーは気が休まらないのではないかと心配だった。「エッシュブルクがなぜ人殺しでないか四六時中、説明されるのはかなわない。それをしないと約束するならいいだろう」

「それでもゼバスティアンはやっていません」ソフィアはいった。「彼にはできない。わたしにはわかるんです」

ビーグラーは肩をすくめて伝票をくれるようにいった。ふたりは路上で別れた。二、三歩足をすすめたところで、ビーグラーは振り返り、ソフィアに声をかけた。

「ひょっとして、いい樹木鑑定士を知らないかね？」

「えっ?」ソフィアはたずねた。

「いや、いい。忘れてくれ」

ビーグラーはタクシーに乗って、家に帰った。


午後、エリーがクリニックから帰ってきた。ビーグラーは開け放ったガレージに立っていた。ジャケットを脱ぎ、シャツの袖はたくし上げている。

「なにをしているの?」エリーはたずねた。

「なんでこんなにたくさん折尺があるんだ?」ビーグラーはたずね返した。額に汗をかいていた。「折尺が九本、それにハンマーが三個。だけどペンチがどこにもない。変じゃないか」

ビーグラーは両手で箱をふたつ抱えていた。

「そんなにひどいことかしら?」エリーはたずねた。

ビーグラーのベストには油ジミがついていた。エリーは雑巾や缶を入れた木箱を横にどけた。

「待った」ビーグラーはそういって抱えていた箱を下ろすと、ズボンのポケットから大きな白いハンカチをだして、ベンチに敷いた。エリーは腰をおろした。ビーグラーは彼女の前に立った。なんだか少年に返ったかのようだ。

「それじゃ、聞きましょう。いったいどうしたの?」エリーはたずねた。「ガレージの片付けをはじめるときは、かならずなにかあるんだから」

「彼のことが理解できないんだ」

「だれのこと？」

「エッシュブルク、例の芸術家だ。あいつのことがまったくわからない」

エリーは固まったラッカーの入っている缶を木箱からだした。「あなた、息子のためにソープボックス（重力のみを動力にして走行する車）を組み立てたことがあったわね。覚えている？」エリーはたずねた。

「覚えているさ、あれはややこしかった」

「ケースには〝組み立てに適した年齢、十二歳以上〟と書いてあったわね」

「あれは絶対に誤植だ。それに、あまりできのいいソープボックスではなかった」ビーグラーはエリーの隣に腰かけた。

「でも色がきれいだったわ」

ビーグラーはエリーを見た。二十八年たった今も、彼女がどうして自分を選んだのかわからない。昔から身の回りをきれいにしていなかった。彼女といっしょだと、自分が無様に思えてならなかった。ぐずで、のろまだと。

「わたしは老けたかな、エリー」ビーグラーはいった。

「なにいってるの。あなたは前から老けていたわ」エリーはいった。缶をもどすと、ハンカチの角で指をふいた。

「電話が電線でつながっていた時代のほうがよかった」

「それで、エッシュブルクがどうしたの？」

「わからない。殺人の容疑で起訴された。自供している。勾留されていて、報道機関は彼について悪辣なことばかり書いている。しかし彼はそれをなんとも思っていないようなんだ。警察にいわせると、あいつは冷酷だという。しかしそんなに簡単な話には思えない。彼には、刑務所に入らずにすむためのなにか切り札があるにちがいない」

「どういう意味?」

「わたしたちが最初に暮らしたアパートの隣人を覚えているか? あの老人はひとり暮らしだった。わたしは一度、彼を訪ねた。彼はスーツとネクタイ姿で、ちっぽけなキッチンにすわっていた。テーブルクロス、銀のナイフとフォーク、ワイングラス、ナプキン、テーブルセッティングは完璧だった。カフスボタンまでつけていた。だれも見ていないのに、毎日ひとりでそうやってキッチンにすわっていたんだ。どうしてそんなことにこだわっていたと思う? 落ちぶれたくなかったからだ。エッシュブルクは、あのカフスボタンの老人とそっくりだ。自分を曲げようとしない」

「あなただって、他の人からはそう見えるはずよ」エリーはしばらくしていった。「まだ駆けだしの頃、多くの人から気取り屋だと思われていたじゃない」

「気取り屋?」

「実際、すこしはそういうところがあるし。はじめてデートをした晩、劇を観にいったわよね。あなたは劇に耐えられなかったし、なにもわかっていなかった。わたしを喜ばせたかっただけなのよね。劇の最中に、オイディプス王は世界で最初の探偵だとささやいた。知らないうちに自分自身を捜査している、みんながすることだっていったわ。あなたは自信満々だった。あなたのその自信、そこにひかれたのよ」

「本当に？」ビーグラーはエリーに微笑みかけた。彼女はいまだに少女のようなところがある。

「うぬぼれないでね」エリーはいった。

6

次の日の朝、ビーグラーとソフィアは朝一番の飛行機でザルツブルクへ飛んだ。ビーグラーは座席が狭いと不平を漏らした。「わたしはニワトリじゃない」

隣の席の女性客がカレーソーセージを注文した。ソーセージは褐色のソースの中に浮かんでいて、百五十度で十五分オーブンにかけたトマトが添えてあった。客室乗務員がビーグラーの肩に手を置いて、スナックは甘いものと塩味とどちらがいいかたずねた。ビーグラーは文句をいいはじめた。客室乗務員のチーフがやってきて、「当機のパーサーです」といった。

ビーグラーはいった。「パーサーはもとは商用船用語で、食糧品調達係という意味だ。こんなニワトリ小屋で食料品調達もないだろう」

ソフィアはビーグラーをなだめた。ビーグラーは、あっちが喧嘩を売ってきたんだといった。

「ビーグラーさん、あなたはどうして弁護士になったんですか?」ソフィアはたずねた。

「ミュージシャンになれなかったからさ」

「それじゃ答えになっていないわ」

「他の答えは長い話になる。退屈させたくない」

「退屈なものですか」

「そうだな。結局のところ、そんなに込み入った話ではないかもしれない。ようはあるとき、人間には自分がすべてだと理解したのさ。神のものでもなく、教会のものでもなく、国家のものでもない。自分だけのものなんだ。それを自由という。しかし、もろいんだ、自由というのは。敏感で、傷つきやすい。自由を守れるのは法律だけだ。ちょっと大げさすぎるかな？」

「すこし」ソフィアはいった。

「それでも、わたしはそう信じている」

「この裁判が終わったら、なにをなさるんですか？」ソフィアはたずねた。

「次の依頼人の裁判に関わる。なぜそんなことを訊くんだね？」

「いつかうんざりするんじゃありませんか？　四六時中、報道機関の攻撃にさらされていやになりませんか？」

「刑事弁護は人気取り競争とはちがう」

「でもたまには他のことをしたくなりませんか？　たとえば政治家になるとか。有名な弁護士がよく政治家になるじゃないですか」

「政治家？」

「ええ、世の中の耳目《じもく》を集める問題を……」

「……世の中の耳目を集める問題なんて、興味ないね」ビーグラーはいった。

ザルツブルクでふたりはレンタカーを借り、二時間半後、ベルクドルフ村に到着した。マルクト広場にある宿屋〈黄金の鹿亭〉の前で車を止め、ビーグラーはベルを鳴らした。だれも玄関を開けなかったので、ふたりは家をまわり込んだ。庭木戸が開いていた。ビーグラーは灰色の髭をたくわえたあばた顔の男が家の前にすわっているのを見つけた。ビーグラーが男に手を振ろうとしたとき、犬が飛びかかってきた。ビーグラーは避けることができず、そのまま尻餅をついた。柵板が彼の体を受け止めたが、板の尖ったところに背中をしたたかにぶつけた。

あばた顔の男が怒鳴った。「やめろ、ラウザー」

犬はビーグラーから離れると、じっと見つめたまま尻尾を振った。男が近づいてきた。ビーグラーは服を整えた。

「いい子だ、ラウザー、いい子だ」男はいった。犬は地面に伏せた。

「いい子とは思えないがね」ビーグラーはいった。背中が痛かった。

「あんたが好きなんだよ」男はいった。「普通はすぐにかみつく」男はラウザーにやさしい声をかけてくれると期待していたようだ。

ソフィアはかがんで、犬をなでた。「この犬はなんていう種類？　かわいいわ」

「かわいい？　こいつがかわいいのか？　怪物だ」ビーグラーはいった。

「バーニーズ・マウンテン・ドッグ」男はいった。「最高の山岳犬さ」

「女将《おかみ》を探している」ビーグラーはいった。顔にまだ犬の毛がついていた。

「食堂にいる」

「ベルを鳴らしたんですけど」ソフィアはいった。

「あれは壊れてるんだ」男はいった。「あんた、だれだい?」

「ビーグラー、ベルリンの弁護士だ。そして犬アレルギーだ」

「だから?」男はいった。ビーグラーをまじまじと見てからにやっとした。ビーグラーもにやっとした。ふたりはしばらくじっとにらみあっていたが、男のほうが先に音をあげた。「待っててくれ」男は裏口から宿屋に入った。男はほとんど足を上げずに歩いた。

ソフィアは、ビーグラーの服から犬の毛を払うのを手伝った。犬はビーグラーの足に寄りかかって、尻尾を振っている。「さっきからずっとこっちを見ている」ビーグラーはいった。

「本当にあなたが好きなのね」ソフィアはいった。

「だが毛が多すぎる」ビーグラーはいった。


数分して、あばた顔の男が宿屋からでてきて、手招きした。三人は厨房を抜けて食堂に向かった。テーブルはどれも明るい色のオーク材でできていて、壁も板張りだ。室内は焼きたてのパンと床磨き用のワックスのにおいがした。

女将がふたりのほうへやってきた。四十代はじめくらいで、水色の瞳だった。

「どちら様?」女はたずねた。

「ビーグラー、弁護士です」

「それで?」

「ゼバスティアン・フォン・エッシュブルクの件で来ました」

女将は振り返ると、ドアのところに立っている男を見て、顎を上げた。男は足を引きずりながら店からでていった。女将は、男の姿が消えるまで待った。

「どうぞすわってください」女将はテーブルを指差したが、自分はそのまま立っていた。

「警察の人間が来ましたか？」ビーグラーはたずねた。

「警察？　どうしてですか？」

「あるいは報道機関」

「いいえ、報道機関も来ていませんけど。いったいなんの用なんですか？　ゼバスティアンが逮捕されたというニュースを読みました。でも、わたしとどういう関係があるんでしょうか？」

「すみません」ビーグラーはいった。「水を一杯いただけますか？」

「ええ、もちろん」女将はソフィアを見た。「あなたもなにか飲まれますか？」

「わたしにも水をお願いします」ソフィアはいった。

女将はカウンターの裏へ行って、水のボトルとグラスを三客持ってもどってくると、立ったまま水を注ぎ、それから腰をおろした。

「それで、なにがあったんですか？」女将はいった。

「すみません。まずわたしから質問させてください」ビーグラーはいった。「ゼバスティアンの父はあなたの娘さんの父でもありますね？」ビーグラーは女将を見つめた。上唇がすこしふるえている。だが、それだけだった。

「どうしてそのことを？」女将はたずねた。

ビーグラーは待った。女将がこの村でどんな暮らしをしているか想像した。未婚の母は生きづらいにちがいない。木の十字架がストーブの上にかけてある。人間は寂しさから神々を発明したが、結局なんの役にも立たなかった、とビーグラーは思った。

「ええ、そのとおりです」女将はすこししてから口をひらき、話しはじめた。ダムが決壊したようだった。ゼバスティアンの父とのなれそめは、二十年以上前に遡るという。当時、女は十九歳だった。村で宿屋を営んでいた女の父が新しい車を買った。オープンカーだった。ゼバスティアンの父は車を借りて、女とドライブをした。すでに秋になっていたが、彼はルーフを開けて走った。

「あの人は猛スピードで走ったんです」女はいった。「笑い声をあげて、とても子どもっぽくて。手がほっそりしていて、髪がやわらかくて、女の子みたいでした。わたしたちは湖までドライブして、ラジオを聴きながら水面を眺めました」

「それから一度もその湖面を見ていないんですね」ビーグラーはいった。

女将はうなずいて、ゼバスティアンの父を深く愛し、四年後に身ごもったといった。計画したわけではない。うかつにもそうなってしまったのだ。ふたりは猟のたびに逢瀬を重ねたという。彼は彼女を失いたくなかったが、家族の許を去ることもできなかったのだ。

「そこは世の男たちとおなじでした」女将はいった。「わたしのおなかが大きくなって、だれにでもわかるようになると、あの人はそのことばかり話すようになりました。どうしたらいいかまるでわからなかったんです。よく泣いていました。悶々と悩んで、また泣きました。すっかり頭がおかしくなってしまったんです」

それからゼバスティアンの父は酒に溺れるようになったという。火酒《シュナップス》など、きつい酒ばかりだった。それも彼女のいる酒場で。酔っぱらいのことはわかっている、なにをいっても聞かない、と女将はいった。

「わたしにとってもつらかったけれど、あの人にはもっとつらかったのでしょうね。わたしの父はとくに騒ぎ立てませんでした。子どもは育つといって。いつしか、わたしは狩猟館に通わなくなりました。このままではあの人がだめになると思ったんです。それがまちがいだったのかもしれない、と近頃は思うようになりました。娘が生まれたとき、わたしはひとりぼっちでした」

女将は水を飲み干した。話しはじめたときとおなじように、いきなり話すのをやめた。彼女の上唇がまたふるえた。ビーグラーはポケットからツィガリロをだした。

「いいですか?」ビーグラーはたずねた。

女将はテーブルごしに灰皿を差しだした。ビーグラーはツィガリロに火をつけた。ソフィアがなにかいおうとしたが、ビーグラーは首を横に振った。女将は床に視線を落とし、それからツィガリロをくゆらす弁護士を見つめた。

「あの人が自殺したと耳にしたのは、そのあとでした」女将がいった。「知ったのは、あの人が墓に葬られたあとでした。家族はだれもわたしの存在を知りませんでしたから。あの人は頭を吹き飛ばしたと聞いています。とうとう娘に会うことはありませんでした」

話題を変えなくては、とビーグラーは思った。「お嬢さんの写真が何度もテレビに映っているのを見たはずです。どうして警察に名乗りでなかったのですか？」

「写真？」女将はたずねた。

ビーグラーはファイルからエッシュブルクが撮影した写真を抜いた。

女将はその写真を手にした。「ええ、見たことがあります。だけど、これはだれですか？」

ソフィアとビーグラーは女将を見つめた。女将は嘘をついていない、とビーグラーは思った。自分に腹が立った。なにかを見落としていたのだ。

「あなたのお嬢さんだと思っていたのですが」ビーグラーはいった。

女将は首を横に振った。「こんな子は見たこともありません」そしてもう一度写真を見た。「口元は娘に似ていますけど、あとはぜんぜんちがいます」

口元は似ているのか、とビーグラーは思った。もしかしたら他にも婚外子がいるということか。

「ゼバスティアンは、この女性を殺したと訴えられているんです」ソフィアはいった。

「いいえ、ゼバスティアンにそんな大それたことができるはずがありません」女将はいった。

「彼を知っているんですか？」ソフィアはたずねた。

「何度かここに来たことがあります。狩猟館を遺贈されていたんです。奥さんは売りたがったんですが、あの人は生前に所有権を息子に移していたんです」

「ここでお嬢さんに会っていたんですか？」ビーグラーはたずねた。ツィガリロを燃えるままにした。めったにないことだった。

女将はうなずいた。

「ちょっと失礼」そういって、女将は部屋をでていき、二分してもどってきた。ボール箱を手にしていた。席につくと、そのボール箱の蓋を開けて見せた。ソフィアはさまざまな切り抜きを取りだした。エッシュブルクの展覧会の写真、新聞記事の切り抜き、インタビュー記事、彼の写真への批評。

「これは娘のものです」女将はいった。「娘はゼバスティアンと会う前、彼に関わるものを片っ端から集めていました。娘にとって、ゼバスティアンは嫡出子だったんです。娘は父親のことを怒っていました。一度も会ったことがないのに。よく癇癪《かんしゃく》を起こして、わめきちらし、ここにあるすべてのものを呪いました。気持ちはわかります。こういう村で父親のいない子がどういう思いをしながら育つか、よその人には想像もできないでしょう。娘はずっと前からこの村をでていきたがっていました」

「それで？」ビーグラーはたずねた。

「娘は十六歳の誕生日を迎えたすぐあと、ゼバスティアンに会いました。わたしには止めることができませんでした。ローマで開かれた展覧会の初日にでかけたんです。そのあとふたりはここで二度会っています。気持ちが通じあっていました。似た者同士でした。娘は、いなくなるときにいいました。永遠にゼバスティアンの芸術の一部になるつもりだ、と」

「いなくなる？　死んだということですか？」ソフィアはたずねた。

ビーグラーもうなずいた。

「どうしてそんなことを?」女将はそうたずね、ふたりを見た。「スコットランドに行ったんです。寄宿学校の学費はゼバスティアンがだしてくれました。ゴードンストウンという名の学校です。娘は将来、大学で美術史を学ぶつもりです」

「なにをですって?」ビーグラーとソフィアは異口同音にいった。

「お嬢さんと最後に話をしたのはいつですか?」ビーグラーはたずねた。

「昨日です」女将はいった。

「生きているんですね?」ソフィアはたずねた。

「もちろん生きています」女将はすわったまま背筋を伸ばし、ソフィアとビーグラーを見つめた。

「娘になにかあったんですか? ずいぶん変な言い方をしますね」

「いいえ」ビーグラーはいった。「お嬢さんにはなにも起きていません」

「娘がいっていた芸術ってなんのことか説明してもらえませんか? 娘は教えてくれなかったんです」

「まったく見当がつかない」そういうと、ビーグラーは肩をすくめて立ち上がった。「いろいろと質問攻めにして申し訳なかった」そういうと、彼は庭にでた。

7

ビーグラーとソフィアは宿屋の客室に泊まった。ビーグラーはなかなか寝付けなかった。夜中に二度、目を覚ましたが、自分がどこにいるのかすぐには思いだせなかった。朝の五時には起きだした。本を読もうとしたが、あるのはナイトテーブルの引き出しの中で見つけた聖書だけだった。

ビーグラーは服を着ると広場に出た。薄いコートしか持って出なかった。霧がたちこめていて、ほとんどなにも見えない。村を横切ってからとって返したが、〈黄金の鹿亭〉が見つからない。家はどれも似たり寄ったりだった。ツィガリロを吸って一服しようとしたが、ライターの火がつかなかった。トラクターのエンジン音が聞こえた。そしていきなりライトの光を浴びて目がくらんだ。ビーグラーはあわてて脇に飛び退いた。農夫は悪態をつき、指で頭をつついてばかにした。そのとき、どこかで赤ん坊の泣き声がすると思い、そっちへ足を向けた。玄関の閾《しきい》につまずいて足をすべらし、家の壁に肩をしたたかに打ちつけてしまった。声の主は猫だった。ビーグラーは額に冷や汗をかいた。肩がずきずき痛んだ。

ようやく宿屋の玄関が見つかった。宿屋の中はまだ真っ暗だった。どうしたらいいかわからず、七時になるまで、コートを着たままベッドにすわっていた。それから廊下を歩くソフィアの足音を耳にした。

ふたりは食堂でコーヒーを飲んだ。ビーグラーは、エッシュブルク家の狩猟館を訪ねてみるつもりだ、と女将に告げた。鍵は外階段の石の下に隠してあるが、娘が生まれてから館に入ったことはない、と女将はいった。ビーグラーは支払いをすまそうとしたが、女将は受けとらなかった。

ソフィアとビーグラーは車で狩猟館をめざして、細い野道を上った。

「写真に写っている消えた娘はだれだ?」ビーグラーは自問した。「警察に電話をしたのはだれなんだ?」

「ゼバスティアンのお父さんは、もうひとり子どもをもうけていたことになりますね」ソフィアはいった。

「本気でそう思うのか?」

「いいえ」

「わたしにも信じられない。一歩も前にすすめない」

「母と娘を法廷に出廷させるんですか?」

「血液を採取することにはなる。遺伝子が、消えた娘の血痕と一致すれば、不明な点は多々あるものの無罪放免になるだろう」

「一致しなかったら？」

「ふたたびおなじ問題を抱える。いざとなれば、ふたりを証人喚問する。しかし気に入らない。法廷では、答えを知らない質問はするべきではないんだ」


雨が降りだした。鍵は外階段の石の下にあったが、ドアを開けるのに手こずった。館には電気が通っていなかった。窓のよろい戸が閉めてあり、ビーグラーは玄関の椅子につまずいた。彼は取っ手をつかんで窓を開けた。よろい戸の金具が錆びついていた。ビーグラーは手を切ってしまい、ハンカチを傷口に巻いた。ふたりは部屋を順にまわって、すべての窓を開けた。

「ひどいありさまですね」ソフィアはいった。

エッシュブルクの父は壁一面に描いていた。数にして数十万個。狩猟館じゅう、壁という壁、天井という天井、そして椅子にも、テーブルにも、タンスにも十字架が描かれていたのだ。薄墨で描かれたちっぽけで黒い縦横二本の棒線。何週間もかかっただろう。

すべてを見終わったあと、ふたりは玄関の外にでた。張り出し屋根の下にあった木のベンチに腰かけ、長いあいだ屋根をたたく雨音に耳をすました。

「ゴヤを思いだしますね。おなじことをしています。別荘の壁に自分が見た悪夢を描いたんです。〈黒い絵〉、我が子の頭をかみきり、食らうサトゥルヌスとか。たぶんゴヤが描いた最高傑作です」

ソフィアの唇は青くなっていた。ビーグラーはコートを脱いで、彼女の肩にかけた。

「なぜそんなものを描いたのかわかっているのかね？」ビーグラーはたずねた。

「ゴヤは耳が聞こえなくなって引き籠もったんです。喪失感、孤独感が描かせたんじゃないでしょうか」

ビーグラーはうなずいた。「あなたがいっしょでよかった」

ビーグラーはツィガリロに火をつけた。うまくはなかった。「知っているかね？　たいていの自殺者は可能なかぎり、頭を銃で撃つんだ。心臓ではなく、頭。自分に恐怖を覚えるためだ。わたしたちは自分の罪に耐えられない。他人のことは許せる。敵のことも、裏切った者のことも、嘘をついた者のことも。しかし自分自身となると難しい。どうしても許せないものなんだ。自分を許すことには挫折する」

「あの人に愛されていたのに」ソフィアはしばらくしていった。

「救いにはならなかった」ビーグラーはいった。両足を伸ばした。犬の足跡がまだズボンについていた。

「人は変われるものでしょう？」ソフィアはいった。

「やめてくれ。ジェームズ・スチュアートのセリフみたいなことはいわないでほしい。人は変わらない。変わるのは小説の中でだけだ。わたしたちは並んで立っていても、めったに触れあったりしない。わたしたちはいろいろ経験をする。うまくいく場合もあるが、たいていは失敗する。うまくやれるのは俳優だけだ。だからわたしたちは、本当の自分を隠すことがうまくなる」

ソフィアはビーグラーのコートをかき抱いた。「ゼバスティアンはあらかじめ父の物語とゴヤの〈黒い絵〉を知っていたのかもしれませんね。だから〈マハの男たち〉を制作したんだと思います」ソフィアはいった。

「かもしれない。別れたのはいつだね？」

「彼が妹と出会ったすぐあと。まさか妹だとは思わなかったんです。ひとりにしてくれといわれましたし。そして逮捕される前の日に、パリにいたわたしに電話をかけてきました。別れてから十一ヶ月後。そのあいだ、わたしは気が狂いそうでした。電話では、わたしが必要だといわれました。その足でベルリンへ向かいましたけど、彼はすでに拘置所の中でした。それから二週間ごとに拘置所にいる彼を訪ねています。彼が望まないから、事件のことには一切触れていませんけど」ソフィアはビーグラーの腕に手を置いた。「彼がいなくてさみしいんです。なんだかだれかにカーテンを閉められて、ライトを消されたような感覚。いったいどうなっているのかしら？」

「多くの問題が結局、未解決なままだ」ビーグラーは時計を見た。「寝不足だね。車に乗ったほうがいい。あそこのほうが暖かいから」

ビーグラーは家の中にもどってよろい戸を閉め、ドアに鍵をかけた。眼下の村に、宿屋の屋根がうっすら見えた。

8

公判は九時にはじまることになっていた。裁判所の前にも、廊下にも、法廷の前にも、カメラを構えたジャーナリストたちが群がっていた。ビーグラーは公判手続きでこれほど多くの報道陣を経験したことがなかった。二大ニュース番組が前日、エッシュブルクの公判手続きがおこなわれると報道していた。マイクに囲まれているランダウ検察官が見えた。しかし騒がしくて、なにをいっているのか聞きとれない。彼も公判前に、拷問をめぐって、ほぼすべての主要新聞のインタビューを受けた。渋々だが、トークショーにも出演した。ビーグラーが法廷に足を踏み入れると、法壇に寄りかかって女性速記官と話をしていた裁判長がビーグラーに気づいて会釈した。

「きつい一日になりますな」裁判長はいった。

ビーグラーは肩をすくめた。「茶番です」

ビーグラーが席について数分すると板張りの壁にこしらえた小さなドアが開き、ふたりの刑務官がエッシュブルクを法廷に連れてきた。エッシュブルクはビーグラーの隣にすわった。悠然としていた。

ジャーナリストと傍聴人たちが法廷に着席するまで三十分近くかかった。職員が静かにするよう何度も注意した。職業裁判官と参審員が入廷すると、訴訟関係者と傍聴席の人々が起立した。

「これより第十四大刑事部の法廷をひらきます」裁判長はいった。「すわってください」

裁判長は訴訟関係者がそろっていることを確認した。それからエッシュブルクに名前、生年月日、現住所をたずねた。

「申し立てがなければ、検察局の担当者に起訴状朗読をお願いする」裁判長はいった。

参審裁判所における公判手続きではたいていの場合、起訴状は短い。エッシュブルクは妹を誘拐し、殺害した。妹の死体は見つかっていない。したがって殺人の詳細は不明とされた。

ランダウ検察官はローブの下に白いブラウスを着て、白いネッカチーフを巻いていた。美しい人だ、と思ってから、ビーグラーはなんて不謹慎な、と自分に腹を立てた。

裁判長は、当刑事部は公判請求を認めると宣言した。それからエッシュブルクのほうを向いて、黙秘権があることを告げた。ここまで、すべて型どおりだ。他の公判手続きとまったくおなじように進行した。

「次に、このたびは通常と異なる事情があります」裁判長はいった。「原則として被告人には意見を陳述する権利があります。今回の捜査手続きでは、被告人が自供前に拷問すると警官に脅されました。それが事実であれば、被告人の自供は無効となります。こうした事情から、黙秘するか、陳述するか、あらためて態度を決定する余地を被告人に残す必要があります。したがって当法廷は、被告人陳述の前に当該警官への証人尋問をおこなう決定をしました。訴訟関係者は全員この手続きを了解しています。それとも異議がありますか?」

ビーグラーとランダウは、異議はないというように首を振った。拷問について言及されると、傍聴席が騒がしくなった。ジャーナリストたちは手帳を膝にのせて、メモをとりはじめた。

エッシュブルクを取り調べた刑事はスーツとネクタイ姿だった。裁判長はその刑事に対しても型どおりの質問をした。年齢、現住所、刑事被告人と血縁関係にあるかどうか。刑事も型どおりに即答した。裁判で証言台に立つことには慣れていた。裁判長は刑事に、真実を述べなければならないといった。刑事はうなずいた。

「これよりランダウ検察官の覚書の内容を明らかにします。この覚書は調書第四冊百五頁にあります」裁判長は女性速記官が記録するのを待ってから言葉をつないだ。「この覚書によると、取り調べ中に被告人を脅したということですが。あなたは被告人を豚野郎、強姦魔と呼んだそうですね。その上、拷問にかけるといったという。被告人はその結果、犯行を自供し、〝若い女を殺害し、わたしはその死体を消した〟といった。検察官が取り調べを中断したため、自供は途中で終わった。覚書にはそう書かれています」

裁判長はすこし身を乗りだして、まっすぐ刑事を見つめた。

「証人、この取り調べがどのようにすすめられたか、あなたから聞かせてもらいたい。なお、答える前に、返答によってあなたが刑事訴追される恐れがある場合、質問に答えることを拒否する権利があることを断っておきます。今回の場合、黙秘が認められます。しかし発言するなら、真実でなければなりません」

裁判長は女性速記官のほうを向いて「刑事訴訟法五十五条に従った告知」といった。それからまた刑事に顔を向けた。

「本官はあなたには今回、取り調べに関するいかなる質問にも黙する権利があると考えています。あなたは強要、傷害などの違法行為で訴追される恐れがあります。したがって、被告人の取り調べをおこなった事実を認めなくても結構です」

「法があなたを保護します」ビーグラーは大きな声でいった。

「弁護人、控えてください」裁判長はいった。それからまた刑事のほうを向いた。「ランダウ検察官からあなたに対する捜査手続きがはじまっていると報告を受けています。あなたはここに私選弁護人を同席させることができます。すべて理解できましたか？」

刑事はうなずいた。

「では、どうしますか？」裁判長はたずねた。

「黙秘します」刑事はいった。はっきりとした声だった。ランダウ検察官は書類から目を上げた。だれかに助言を求めたな、とビーグラーは思った。こういう場合、戦術は二通りしかない。偽証するか、黙秘するかだ。だが偽証は、もはや不可能だ。

「では、わたしから証人への質問はありません」裁判長はいった。「訴訟関係者の中でだれか証人に質問がありますか。それとも退室させてよいでしょうか？」

ランダウ検察官は首を横に振った。

「証人に質問があります」ビーグラーはいった。傍聴席がざわついた。

「静粛に」裁判長はそういってから、ビーグラーのほうを向いた。声にイライラしている響きがある。皮肉もすこしまじっていた。「いいでしょう、弁護人。そうあってしかるべきです。どうぞ」

ビーグラーは裁判長の反応を無視した。彼はこの件を明らかにする権利を委ねられていた。すくなくとも明らかにする試みをしなければならない。「警察官を拝命して何年になりますか?」

「三十六年になります」刑事はいった。

「殺人課には、いつから勤務していますか?」

「十二年前からです」

「殺人事件の捜査は何回目になりますか?」ビーグラーはこれまでたくさんの公判手続きで、この刑事に証人尋問をした経験がある。刑事の仕事ぶりは知っていた。

「さあ、覚えていません。とにかくたくさんです」刑事はいった。

「では、あなたが警察官になってから、つまり過去三十六年のあいだに、捜査手続きを受けたことがありますか?」

「一度もありません」

「つまり脅迫、強要、傷害その他の犯罪行為で訴訟手続きを起こされたことは、過去に一度もないということですね?」

「今回がはじめてです」刑事はちらっとランダウ検察官を見た。検察官は反応しなかった。

「ということは、経験豊かな警察官といっていいわけですね。法律を熟知し、法律違反は一度も犯したことがなかった」

「そういっていいでしょう」

「この公判がはじまる直前に大衆紙からインタビューを受けていますね。ええと」ビーグラーは机に置いてあった書類をめくった。「ああ、これです」新聞紙を一枚持ち上げた。

「そのインタビューを、わたしは知りません」ランダウはいった。

「では入手するといいでしょう」ビーグラーはいった。「それから邪魔をしないでいただきたい」

ビーグラーはまた刑事のほうを向いた。

「このインタビューでは、あなたは次のように発言したことになっています。引用します。〝テロリストがベルリンに核爆弾を仕掛けたと考えてみてください。それも、あと一時間で爆発する。テロリストの身柄は確保しているが、爆弾の所在がわからない。わたしは決断に迫られます。犯人を拷問してでも、四百万人の人命を救うべきか、手をこまねいて、なにもしないでいるべきか？〟そう発言したのはまちがいないですか？」

「コメントしたくありません」

「なぜです？　不利になるからですか？」ビーグラーはたずねた。

「証人は返答を拒否することが許されています」ランダウはいった。

「そうなのですか？」そうたずね、ビーグラーは刑事を見つづけた。「数百万の発行部数を誇る新聞でいったことを、あなたは本当に認めないのですか。刑事訴追を恐れて？　あなたが追及する犯罪者とおなじように？」

「裁判長、弁護人に今の発言を撤回するよう求めます。証人に圧力をかけています」ランダウはいった。

「証人は充分経験がありますから、自分で判断できるでしょう」裁判長はいった。「わたしは権利を告知しました。証人は答える必要のないことを知っています」

ビーグラーは刑事から目を離さなかった。刑事は椅子にすわったまま体をまわして、ビーグラーのほうを向いた。おお、いい兆候だ、とビーグラーは思った。

「もう一度訊きます。このインタビューについて発言する意志はないですか？　刑事被告人に対する取り調べとは無関係です。ただ、あなたの考え方を知りたいのです」

刑事は背広のボタンをふたつはずした。

「いいでしょう」刑事は大きく息を吐いた。「わたしなら、なんとしてもテロリストに自供させます。口でいってもだめなら、拷問も厭《いと》いません。わたしの役目は、市民を守ることです。それを遂行します」

傍聴人のだれかが拍手した。裁判長はその傍聴人を見た。「もう一度したら、退廷してもらいます」

「それでも」ビーグラーはつづけた。「逮捕した者が口を割らなかったらどうしますか？　テロリストなら、拷問に耐える訓練を受けているかもしれませんね。あなたを笑い飛ばすかもしれない。しかしその男に十四歳の娘がいることがわかっているとします。そして目の前でその娘を拷問にかければ、男が口を割ると確信していたら、あなたはそれをするのですか？」

「いいえ、そんなことはしません。娘に罪はないです」

「しかしこの町にいる他の人たちにも、罪はないですね。うまくやれば、四百万人の無辜《むこ》の人々を救うことができるかもしれない。ベルリンじゅうの人を救うためにほんのすこし拷問をする。公平な取引といえます」

「本官は……」

「あなたの考えはこうですね。娘は父親の行為とは関係ない。娘には罪がないから、拷問にはかけられない」

「そのとおりです」刑事はいった。

「無実の人間を拷問してはならない？」

「そうです」

「では、あなたのテロリストはどうなのでしょうか？ その男に罪があることを、あなたはどうして知りえたのですか？ ただそう思うということですか？ 情況証拠からですか？ あなたの直感ですか？」ビーグラーはたたみかけた。

「それはたとえ話でしょう」刑事はいった。

「法学部の一年生にはぴったりのたとえ話です。しかしわたしは、経験豊かな警察官であるあなたにたずねているのです。テロリストが自分から警察に出頭して、〝やあ、どうも。ベルリンにささやかな核爆弾を仕掛けました。あと一時間で吹っ飛びます。でもどこに仕掛けたかはいいません〟なんて、そんなふうにいうと思いますか？」

「ナンセンスです」刑事はいった。「わたしのたとえ話では、そのテロリストが何ヶ月も監視されていたことを前提にしています。その男がテロリストで、罪があることを、警察が知っているということです」

「監視による罪の確定。なるほど。では、その男が爆弾を仕掛けたことは、どうしてわかったのですか？　それを見ていたのですか？　もしそうなら、どうしてそのときに緊急逮捕しなかったのですか？　どうしてその男の携帯電話を盗聴しなかったのですか？　どうしてその男と接触した人間を知らないのですか？　どうしてその男のノートパソコンの中味を調べないのですか？　言い方を換えると、テロリストが時限爆弾を仕掛けたという明白な情報しかないというのは変ですね。もっといろいろな情報があるのが普通ではないですか？」

「そのたとえは、例外的状況があることを明らかにするためにいっただけです。もっと厳しい追及手段が必要な場合があるといいたかっただけです」

「では現実には、そういうケースはありえないと認めるのですか？」

「さっきもいったように、たとえ話です」

「なるほど。わたしが理解したところでは、テロリストから真実を知るためなら、あなたは拷問を厭わないということですね？」

「爆弾の信管をはずすためです」

「魔女はみな、悪魔と寝たと思いますか？」ビーグラーはたずねた。

「えっ？」

「つまり、苦痛を与えられれば、囚人はどんなことでも自白するからこそ、拷問は廃止されたのですよ。あなたがそのことを知っているか確認したいのです。囚人は真実ではなく、拷問をする者が望んでいることをいうのです。異端審問で、魔女はみな、悪魔と寝たと自白しました。長いあいだ苦痛を与えられた末の自白です。教皇でさえ、それが無益だと悟ったほどです。あなたの時限爆弾のたとえでは、テロリストが本当のことをいっているかどうか、時間内に確認することはできないでしょう」

「そうかもしれません。しかし爆弾を発見して、信管をはずすことができるかもしれないでしょう」

「かもしれないって、その程度の根拠で、あなたは拷問をするのですか？」

「ほ……本官は人命を救うために、そうしなければならないのです」

「わかります」

「わたしのたとえでは、その男が爆弾を仕掛けたことがわかっているのです」

「そこがあなたのたとえのいいところですね。あなたはすべてを知っている。テロリストが拷問で真実をいうということも……経験豊かな警察官として、あなたは法律を熟知しているといいましたね」

「はい」

「われわれの憲法も？」

「もちろんです」刑事はいった。

「では知っているはずですね。なんぴとも、たとえそれが誘拐犯であっても、憲法の保護下にあるのです。拷問にかければ、その人の尊厳を傷つけるとわかっていますね？」

「被害者の尊厳はどうなるのですか？」刑事はたずねた。

「あなたがなにをいいたいかはわかっているつもりです。あなたはある決断に至るわけです。たとえば、誘拐された子どもは無実であり、誘拐犯は有罪だ、と。誘拐犯には尊厳などない。だから拷問してもいい」

「子どもを救うためです。人命を救うための拷問といっていいでしょう」

「人命を救うための拷問？　なかなかいい言葉ですね。気高い目的のためならもっと厳しい取り調べをしてもいいということですね？」

「そうです」

「たとえば、医師が同席したところで？」

「それはありえます」

「とっくの昔に拷問を廃止したこの国で、ナチがふたたび導入しました。ナチは特別な言い方で拷問を表現しました。知っていますか？」

「いいえ」

「〝先鋭化した取り調べ法〟と呼んだのです。人命を救うための拷問と、そうちがわないと思うのですが。そう思いませんか？　しかしもう一度、わたしたちのたとえに話をもどしましょう。あなたはなにを根拠に決断を下すのですか？」

「どういう決断のことですか？」刑事はたずねた。

「だれを拷問にかけるか、あなたは判断をすることになるはずですが」

「さっきあなたがいったではないですか。誘拐された子どもは無実であり、誘拐犯は有罪」

「では罪を犯した者ならだれでも拷問にかけるのですか？」

「いいえ、もちろん特別な場合だけです」

「ではこういう場合はどうですか？　犯人が〝はい、その娘を誘拐しました〟とあなたに自供するとします。ところが娘は小綺麗な家にいて、食事も充分にもらえ、暖房が効いていて、本やおもちゃもふんだんにそろっている。あなたならどうしますか？　そういう場合も、拷問をためらわないのですか？」

「そ……それは……」

「線引きはどこでするのですか？」ビーグラーはいった。「あなたはどの時点で拷問をするのですか？　十歳の少女が誘拐されたときだけですか？　それとも、犠牲者が五十歳の浮浪者でもしますか？　大統領が誘拐されたら、当然するでしょうね。しかしよく知られた強姦魔が誘拐されたら、やらないでしょうかね？　どういうときなら拷問が許されるのか、あなたの世界では、だれが決定するのですか？　あなた自身ですか？　裁判官と検察官と弁護人と刑務官をひとりで演じるのですか？」

「いいかげんにしてください」ランダウ検察官はいった。

「あなたこそ、いいかげんにしたまえ」ビーグラーは叫んだ。「口をはさむのはこれで二度目だぞ。わたしを黙らせたいのなら、裁判官に請求しなさい。これは公判であって、だれがなにをいおうがかまわないトークショーではないのですよ。質問の権利はいま、わたしにあります。口出ししないでいただきたい」気を静めると、声のトーンをすこし落とした。「証人に理解してもらいたいのです」

「質問をつづけて。わたしも興味があります」裁判長はいった。

刑事はすこし考えてからいった。「わたしは法律家ではありません」

「これは法律上の質問でもなんでもありません」ビーグラーはいった。

「捜査判事にうかがいをたてるでしょう」刑事はいった。

「なるほど、いい答えです。ではわたしたちの事件では、拷問をしていいかどうか、なぜ捜査判事にたずねなかったのですか？」

「それでは時間がかかりすぎるでしょう」

「まさか。そういう決断なら、十分と時間を要しないはずですよ」ビーグラーはいった。「あなたがなぜ捜査判事にたずねなかったかいいましょうか。どういう決断が下るか、わかっていたからです。捜査判事はあなたを部屋から放りだすでしょう。あなたは自分で決断を下したかったのです。たったひとりで。あなたは刑事被告人を自分で裁きたかったのです」

刑事は顔を紅潮させ、大声でいった。「そうかい？　おれがそう望んでいたと？　あんたはこの暖かい法廷でのうのうとして、人間の尊厳などというごたくを並べていればいいが、こっちは外をかけずりまわっているんだ。おれたちはあんたや、あんたの家族の命を守っている。危険な目に遭えば、あんたたちはおれたちに電話をかけてくる。おれたちはなんでもしないといけない。それでいて、おれをナチ扱いするなんて、ふざけんな。いいか。おれが見事に若い娘の命を救ったら、あんたはぐうの音もでないんじゃないか？」

刑事は口を開けたままビーグラーを見つめた。

立派な男だ。まちがいだらけだが、この男なら家族を任せられる。そう思いながら、ビーグラーは間を置いた。法廷は静まり返った。刑務官でさえ、椅子にすわってもぞもぞするのをやめていた。

ビーグラーは小声でいった。

「わたしは弁護士です。答える側ではなく、質問する側です。訴訟法ではそういう決まりになっているのですよ。しかし裁判官が許してくださるのなら、例外的に答えましょう」

裁判長はうなずいた。

「若い娘を救えば、あなたは英雄になれる」ビーグラーはいった。

「英雄？」刑事の声は自信なげだった。

ビーグラーは小声でさらにいった。

「ええ、悲劇の英雄です。あなたはわたしが信じるすべてである、われわれの法秩序をないがしろにした。あなたは人間の尊厳を貶《おとし》めた。尊厳はつけはずしができるものではありません。あなたの拷問によって尊厳を貶められた人は、ただのモノと化すのです。その人からなにかが引きだされるという一点においてのみ、役に立つ存在となるのです。ですから、わたしが決めていいのなら、あなたはあなたのしたことで厳しい罰を受けなければなりません。わたしなら、あなたから年金受給の権利を奪い、解雇するでしょう。しかしあなたが若い娘のために自分の人生を擲《なげう》ったことを称賛します。あなたが辿《たど》る結末は目をおおわんばかりのものでしょう。英雄は称賛される。しかし地に墜ちる」

「じゃあ、どうやって自供を引きだしたらいいんですか？　最良の取り調べ法はなんですか？」刑事は小声でそういうと、目の前の机を見つめた。

「敬意を持ってことにあたるのです」ビーグラーはいった。「戦争捕虜にたずねてごらんなさい。肉体に苦痛を与えても口は割らないでしょう。話をするのは、孤独や寂しさによってです。話せる相手を望むのです。人間として」

「返事を得られなかったら？」刑事はたずねた。

「得られないままです」

刑事は顔を上げてビーグラーを見た。

「あなたのいうとおりかもしれない」刑事はいった。「それでもまたするでしょう」

法廷内があらためて騒然とした。質問はしないほうがいいこともある、とビーグラーは思った。刑事はシャツをつかみ、ネクタイをゆるめた。シャツの襟が汗でびっしょり濡れていた。

「他にも証人に質問がありますか？　ありませんか？　では証人に感謝します。退廷して結構です」裁判長はいった。

刑事は立ち上がると、かぶりを振りながら法廷をあとにした。

「さて、自供を無効とするかどうかについて討議しなければなりません」裁判長はいった。「そのために時間が必要です。公判は木曜日九時に再開します。訴訟関係者はすでに全員召喚されています。本日の公判はこれにて終了します」


「ありがとう」エッシュブルクはふたりだけになると、ビーグラーにいった。

「まだ終わったわけではない。次の公判で、裁判長はあなたが陳述するかどうかたずねるだろう。今日の午後、拘置所で打ち合わせる必要がある。だがなによりも先に、あなたの妹を召喚しなければ」ビーグラーはいった。

「それはだめだ」そういうと、エッシュブルクは首を横に振り、ビーグラーに折りたたんだメモを渡した。「ここを訪ねてくれないか。封筒をもらえることになっている。すべてを見てからわたしのところへ来てほしい。この裁判でわたしが陳述するのは、そのことだけにするつもりだ。妹は必要ない」

　ビーグラーはメモを受けとってひらいた。

「公証人の住所」

　エッシュブルクはうなずいた。

「またしても使い走りかね?」ビーグラーはたずねた。

　エッシュブルクは微笑んだ。

「少々やりすぎだな、エッシュブルクさん」ビーグラーはいった。法廷の外にでると、廊下で待ち構えていたジャーナリストたちの質問に答えた。しかし、ポケットに忍ばせたメモのことがずっと気になっていた。

9

裁判所をでると、ビーグラーはその足で、エッシュブルクからもらった住所へ向かった。公証人は弁護士に親しげにあいさつした。ふたりは大学時代からの知り合いだった。そして封をした大きな封筒をビーグラーに渡して、幸運を祈った。

ビーグラーは路上に立つとすぐ封を切った。封筒の中にはＵＳＢスティックと一枚の文書が入っていた。ビーグラーはタクシーで法律事務所にもどり、自分のノートパソコンにＵＳＢスティックを挿した。三十分後、秘書がビーグラーの部屋に入ってきた。秘書は、ノートパソコンに見入っているビーグラーの顔を見た。彼らしくないことに、ビーグラーは笑っていた。

ビーグラーは、大きなテレビを買って、裁判所に届けてくれと秘書に頼んだ。それから裁判長に電話をかけて、エッシュブルクは陳述のためにモニターを必要としていることを説明した。何度か言葉のやりとりをしたあと、裁判長は、ランダウ検察官にもその旨を伝えるように、とビーグラーにいった。

ビーグラーは車で裁判所へ向かった。弁護士控え室の自動販売機でコーヒーを二杯買い、ランダウ検察官の執務室へ歩いていった。

「プラスチックコップだが、コーヒーを持ってきた」ビーグラーはいった。

「あら、これはまたお珍しい」ランダウはいった。

「皮肉はいいっこなしだ」

ビーグラーは来客用の椅子に腰かけた。その拍子にコーヒーがこぼれ、上着の袖にかかってしまった。

「シミはとれますよ」ランダウはいった。「水で洗うだけで大丈夫です」

「それはよかった」ビーグラーはいった。

「でも、汚れたところをこすってはだめです」

ふたりはそれっきり黙った。そうなることが、ビーグラーにはわかっていた。気が重かった。

「あなたの刑事への質問、あれには感銘を受けました」ランダウはいった。

「余計なことだった」ビーグラーはいった。

「そんなことはありません。刑事をあなたの依頼人とふたりだけにしたのは、わたしのまちがいでした」小さな声だった。

「大丈夫だ。じつは裁判長と話をした。刑事が証言したあとでは、あなたの覚書が正しいことが前提となる。裁判長はあなたを証人喚問しない」

「感謝します」ランダウはいった。見るからにほっとしていた。

「それはともかく、あなたの依頼人は次の公判でどういうふうに陳述するつもりですか?」ランダウはたずねた。

「それは見てのお楽しみだ」

「あなたはなんでも芝居がかるんですね」

「うーん、それはいえているかもしれない。しかしそれは、どんな公判手続きも、とどのつまりは芝居だからだ。そう思わないかね? わたしたちは言葉の応酬と申し立てと証人喚問と証拠調べで事件を再現する。わたしたちの先輩たちは、そうすることで悪は力を失うと考えた。悪くはない」

「エッシュブルクは問題の女を殺した、とわたしは今でも確信しています。他に説明がつきません」

「説明には、つねに別のバージョンがあるものだよ」

「思わせぶりなことをいうんですね、ビーグラー弁護士」

「そうかね? そういうものなのだから、しかたあるまい」

「しかたがない? 思わせぶりなことをするのは、決していいことではないですものね」

「とんでもない。ベッドに入ったら、わたしは眠れるまで、寝ているふりをするがね」

ランダウは笑った。「冗談はさておいて、ビーグラー弁護士、あなたには不安はないのですか?」

「どういうことかな?」

「あなたの依頼人の自供が本当だったら、どうしますか？　刑事が正しかったら」

「刑事はそれを台無しにした。残りの証拠だけでは不十分だ。そういうことだ。一巻の終わり」

「どうしてそう冷淡でいられるのですか？」

「本当にそう思うのかね？」

「ええ、そう思います」

ビーグラーは目を閉じた。「わたしが冷淡かどうかは問題ではない。わたしたちが毎日関わっている犯罪者が問題なわけでもない。肝心なのは、あなたとわたしと裁判官が、それぞれの役目をちゃんと果たせるかどうかにある。そのことがまだ理解できないのなら、あなたはいる場所をまちがえている」

ランダウは頰を紅潮させただけで、なにもいわなかった。

「エッシュブルクは次の公判で陳述する」ビーグラーはいった。「そのためにテレビを必要としている。こちらで液晶テレビを手配し、法廷に設置する予定だ。裁判長は認めた。そのことをあなたに伝えたかったんだ」ビーグラーは立ち上がった。

ビーグラーは彼女に手を差しだした。すげない態度を取りたくなかったのだ。「じつは新しい弁護を引き受けるたびに、今度こそ完璧にうまくやろうと思う。だがうまくいったためしがない。では明日」ビーグラーはいった。

「では明日」ランダウもいった。

ビーグラーは出口へつづく大きな階段を下りた。職員が会釈して、さようならといった。ビーグラーも会釈を返した。古めかしい扉のガラスにぼんやりと自分の姿が映った。アタッシュケースを提げ、帽子をかぶった太り気味の男。扉は背後でしまった。

タクシーでザヴィーニ広場へ向かい、お気に入りのカフェに入ると、エスプレッソ・ドッピオをテイクアウト用に注文し、タバコが吸える街頭のテーブルについた。調書は膝にのっていた。カフェの横の広告塔に写真展のポスターが貼ってあった。〈二十世紀のヨーロッパ写真〉。ポスターの写真は黒をバックにした女性のヌードだ。ビーグラーは目を閉じた。

突然、「なんてうかつだったんだ」と口走った。あまりに大きな声だったので、他の客が振り返るほどだった。

ビーグラーは携帯電話を探して、秘書に電話をかけた。

「このあいだ、きみのコンピュータで翻訳できるところを見せてくれたね」ビーグラーは、秘書がインターネットの多言語翻訳サイトを開くのを待った。「ウクライナ語の〝Finks《フィンクス》〟がドイツ語でどういう意味になるか調べてみてくれないか」

キーボードを打つ音がした。

「いいえ、そういう単語はありません」

「では、セーニャ・フィンクスは？」

「それもありません」

「やっぱりインターネットは役に立たない。前からわかっていたんだ。そのまま切らないでいてくれ」ビーグラーはいった。携帯電話を肩と耳ではさむと、コートからだした手帳をひらき、鉛筆でいろいろ書いてみた。「名前をイニシャル、姓はそのままにしたらどうかな〝S・FINKS〟だ」ビーグラーはスペルをいった。

「ヒットしました。そのままスフィンクスという意味になります。待ってください。説明がのっています。スフィンクスは翼のあるライオンの身体と女の顔を持ち、謎をだして答えられない者を食べるとされる」

「そんなことは知っている」そういって、ビーグラーは通話を終了した。

コーヒーを飲み干すと、立ち上がって、代金を支払った。

彼は歩道でオスカー・ピーターソンの〈オン・ア・クリア・デイ〉を口ずさんだ。いきなり足を止めると、アタッシュケースを地面に置いた。腰を振り、つま先立ちになってぐるっと一回転すると、両腕を折り曲げて、四、五回ツイストのステップを踏んだ。コンラート・ビーグラーは踊った。

10

青

「おはようございます、みなさん」裁判長はいった。「地方裁判所第十四大刑事部の法廷を開廷し、公判をつづけます」裁判長はエッシュブルク、ビーグラー、ランダウの順に見た。

「その後、被告人の妹についてなにか判明しましたか？」裁判長はたずねた。

ランダウ検察官は咳払いした。「フライブルク刑事警察署の報告書が手元にあります。身分帳簿によると、被告人の母は二度結婚しています。最初の結婚で子どもをひとり産みました。ちなみに被告人本人です。二度目の結婚では子どもがいません。刑事被告人の母は四年前に落馬事故を起こし、現在下半身不随です」

「つまり妹は被告人の父の子ということですね」裁判長はいった。

「はい」ランダウはいった。

「それで？」裁判長はたずねた。

「それ以上なにも突き止められませんでした」

「他にわたしたちがまだ知らない証拠は？」

ランダウ検察官は首を横に振った。

「他に目下捜査中の手掛かりは？」裁判長はたずねた。

「いいえ、これ以上の捜査手続きはしていません」

「ビーグラー弁護士？　あなたからなにかありますか？」裁判長はたずねた。

ビーグラーは首を横に振った。

「当参審裁判所は、刑事被告人の自供は無効だという決定に至ったことを宣言します」

傍聴席が騒がしくなった。ひとりの男が叫んだ。「人殺し」

裁判長はその男を退廷させた。そのあと、被告人の自供を無効にする理由を朗読した。担当刑事の行動は人間的には理解できるが、刑事訴訟法では、こうした法規違反に対する対応はひとつしかない。刑事被告人の自供は無効。エッシュブルクは犯罪行為を自供していないものとみなされる。決定の朗読は長いものになった。裁判官たちは、上告されたときのために文書をしたためたのだ。自分たちの決断の自衛策だ。朗読を終えると、裁判長はエッシュブルクを見た。

「わたしたちの決定を理解できましたか？」裁判長はたずねた。「もう一度、弁護人との打ち合わせを望みますか？」

「すべて理解できました」エッシュブルクはいった。

「よろしい。ではこの場で陳述する必要のないこともわかっていますね。あなたの過去の自供は判断材料になりません。黙秘をするなら、その黙秘もあなたの不利にはなりません。理解できましたか？」

「はい」エッシュブルクはいった。

裁判長は女性速記官のほうを向いた。

「刑事被告人は必要な説明を受けた、と書きとめてください」裁判長はそれからビーグラーのほうに顔を向けた。「たしかあなたの依頼人は本日、陳述するということですが」

ビーグラーはうなずいた。

「どうぞ」裁判長はいった。

エッシュブルクは立ち上がった。

「すわったままで結構です」裁判長はいった。

「ありがとうございます。しかし立っているほうがいいのです」エッシュブルクは目の前のマイクの角度を直すと、上着の内ポケットから紙を一枚だして読みはじめた。

「一七七〇年、ヴォルフガング・フォン・ケンペレン男爵はオーストリアの女帝マリア・テレジアに奇跡の機械を披露しました。等身大の木の人形がチェス盤の前にすわり、チェス盤の下には歯車やシリンダーや円盤や引き紐や滑車が入っていました。木の人形はトルコ人の恰好をしていました。客はこのトルコ人とチェスを指すよう求められました。ケンペレン男爵は対局がはじまる前に機械のぜんまいを巻きました。トルコ人は木の腕でチェス盤上のコマを動かし、ほとんどの対局で勝利しました。

ケンペレン男爵はこの機械を携えて、ヨーロッパじゅうを経巡《へめぐ》りました。チェスを指すトルコ人は話題になり、当代随一のチェスプレイヤーとも対局しました。科学者はその機械の構造がどうなっているか突き止めようとしました。この機械に関する本が何冊も出版され、覚書や新聞記事が書かれ、講演がおこなわれました。しかしだれも、どういう仕掛けになっているのか突き止められませんでした。ナポレオンやベンジャミン・フランクリンもトルコ人とチェスを指して負けたといいます。エドガー・アラン・ポオはこの機械にまつわる話を書き、のちにあるドイツ連邦大統領もこの機械について言及しています。この自動人形は一八五四年、フィラデルフィアの博物館で焼失しました」

　エッシュブルクは短い間を置いた。水を一口飲んだ。裁判官と検察官は彼を見つめていた。法廷の中はしんと静まり返っていた。ビーグラーは椅子の背に体を預け、腹の上に両手を重ね、目を閉じていた。

「もちろんチェスを指すトルコ人はトリックでした。当時の機械では、実際にチェスを指すことなどできなかったでしょう。機械のあいだに人間がもぐり込み、チェスを指していたのです。ですから、チェスを指すトルコ人にはさして特別なところはありませんでした。注目すべきは、ヴォルフガング・フォン・ケンペレン本人なのです。彼はペテン師ではありませんでした。優れた科学者であり、教養人で政府高官でもありました。ケンペレンはバナト（ルーマニア、セルビア、ハンガリーにまたがる地域）にあるオーストリア政府が経営する岩塩鉱山の監督官でした。また戯曲を書き、風景画を描きました。のちに目の見えない人のためにタイプライターを発明したり、話す機械を考案しました。チェスを指す自動人形について新しい説がでるたびに、あれは思い込みを逆手に取ったいたずらだとケンペレンはいいつづけましたが、だれも聞く耳を持っていなかったのです」

　エッシュブルクは紙を卓に置いて、裁判官をまっすぐ見つめ、それから腰をおろした。

ビーグラーは裁判長にその釈明文を差しだした。

「これが被告人の陳述ですか?」裁判長はエッシュブルクにたずねた。声がすこしかすれていた。

「はい」エッシュブルクはいった。

「署名もしているのですね?」

エッシュブルクはうなずいた。

「ではその陳述を公判議事録に加えましょう」裁判長はその紙を女性速記官に渡してから、エッシュブルクのほうを向いた。「わたしがこれからいうことは、裁判官のあいだで事前に話しあわれていません。それでも、わたしはあなたに申し述べたい。あなたが理解できません。あなたは殺人をした廉《かど》で起訴されているのですよ。四ヶ月以上も勾留されておいて、チェスを指すトルコ人のことを話すのですか?」

「わたしの依頼人は質問に一切答えないと申し上げたはずですが」ビーグラーはいった。姿勢を変えることなく、目も開けなかった。「陳述についてすこし考えをめぐらせば、わかると思います」

ランダウは怒っているように見えた。「意味のある陳述とはいえないでしょう」

「いいや、そんなことはありません」そう答えて、ビーグラーは目を開けた。「もう一言付け加えさせてもらえるなら、〝欺く〟を意味する〝トルコする《テュルケン》〟というドイツ語の語源はこのチェスを指すトルコ人なのです」

裁判長は手を上げ、ふたたびエッシュブルクを見た。「フォン・エッシュブルク被告人、あなたには経験豊富な弁護人がついています。当然、打ち合わせをしたはずですね。それでも、あなたがいったことが理解できません」

裁判長はしばらく待った。エッシュブルクは反応しなかった。裁判長は肩をすくめて、ビーグラーのほうに顔を向けた。「刑事被告人に質問しても無駄だということですか？」

「そうです」

「この他に申し立てか、陳述がありますか？」裁判長はたずねた。

「あります」ビーグラーはいった。目を開けて、身を乗りだした。「被告人の陳述の第二部はビデオです。裁判所の許可を得て、ここで再生したいと思います」

ふたりの職員が黄色いカーテンを閉めた。法廷は薄暗くなった。ビーグラーはリモコンで大きなモニターのスイッチを入れた。モニターは、法廷にいる全員に見えるように法壇の後ろに設置されていた。


それはCGアニメの映像だった。モニターにチェスを指すトルコ人があらわれた。トルコ人は腕を動かし、見えない相手とチェスを指す。カメラはチェス盤を写した。トルコ人の動きがしだいに速くなり、盤上からコマを投げた。残されたのは、黒のキングとふたつの黒のルークと白のポーン。次にそのコマがクローズアップされた。黒のキングと黒のルークふたつはローブを羽織り、白のポーンを見下ろしている。ポーンがこうべを垂れた。それからドロドロと溶けだし、白い塊《かたまり》が盤上を流れて、自動人形にしみ込んでいった。

それから自動人形の下の扉がひらいた。シリンダーと歯車のあいだから裸の若い女性が這いだしてきた。さっきの白い塊とおなじ色をしている。女性はカメラに背を向けて立ち、それからゆっくり振り返った。肌には数百の小さな黒い十字架が描かれていた。カメラは女性の顔をアップにした。エッシュブルクの異母妹の顔だった。

左右の闇からさらにふたつの顔があらわれた。エッシュブルクとソフィアだ。三人の顔はおなじサイズで、おなじ明度だった。外科用メスがソフィアの目の部分とエッシュブルクの鼻の部分を切り取り、異母妹の顔に重ねられた。残ったのは口の部分だけだ。大きな消しゴムがでてきて、境界線をぼかした。新しい顔はソフィア、エッシュブルク、異母妹の顔を合成したものだった。法廷にいる全員が知っている顔だ。家宅捜索のとき、エッシュブルクのアトリエにかかっていた写真、その後、ニュース番組や新聞にのったあの写真——それは警察が捜索していた女性だった。

新しい顔の女性が背を向けて、チェスを指すトルコ人のほうへ歩いていく。女性は猟銃を手にしていて、自動機械の頭を吹き飛ばした。カメラは散弾の航跡を追った。頭部は数千の小さな弾ではじき飛ばされた。破片はすべて深緑色で、やがて言葉を形作った。

風が落とせし光の流れに乗って

そのあとモニターのスイッチが切れた。

傍聴席がざわついた。ジャーナリストが数人、編集部に電話をかけるため、外に駆けだした。事務官がカーテンを開けた。裁判長は、静粛に、と何度もいったが効き目がなく、事務官のひとりに、騒がしい者の名を記すよう指示した。

ふたたび静かになると、ビーグラーは立ち上がった。「裁判長、ただ今の映像はこの法廷で上映されると同時に、あらゆる映像フォーマットでインターネット上に公開されます。あと二通の公文書を裁判長に提出したいと思います。一通目はエッシュブルクの異母妹の遺伝子鑑定書です。この鑑定は一年前、オーストリアの医学ラボで公証人同席の下おこなわれました。捜査手続きで発見された血液と皮膚の角質の遺伝子は、異母妹の遺伝子と完全に一致します。

二通目はスコットランドのエルギン警察署から取り寄せたものです。エッシュブルクの異母妹は、わたしの希望に添って昨日、同警察署に出頭し身分証明をしました。異母妹は同地の近くにある寄宿学校に入学しています。警察は昨日、異母妹の写真を転送してくれました。ここに添付してあります。裁判長が先ほど映像の中で見た十字架を描かれた女性にあたります。ちなみに、異母妹はまちがいなく生存しています。

検察官ならびに裁判官、こうもいえるでしょう。死体は発見できませんでした。死体などなかったからです。消えた女は存在しないのです。みなさんはインスタレーションにおける殺人でエッシュブルクを起訴したのです」

この陳述のあと、廷内は騒然となり、裁判長はこの日の公判を中断せざるをえなかった。傍聴人が法廷からでていくまでかなりの時間がかかった。

エッシュブルクとふたりだけになると、ビーグラーはいった。「裁判でこれほど奇妙奇天烈な体験をしたのははじめてだよ。ところで、刑事があなたを拷問にかけようとしたのは、あれは偶然だったんだろうね？」

「もちろんです。そこまで計画することはできません」エッシュブルクはいった。「でも、あたなら、それをうまく利用するだろうと思いました」

「しかしなんでまたこんな演出をしたんだね？　失敗する可能性もあったはずだ」ビーグラーはたずねた。「こんな手の込んだことをしたのは、なんのためだ？　妹さんのためかね？　芸術のため？　真実のため？」

エッシュブルクは弁護士を見た。「ティツィアーノは人生の終わりに目を悪くしました。人生最後の数枚の絵は指で描いたんです」

「どういう意味だね？」ビーグラーはたずねた。

「自分と絵のあいだになにひとつ介在させたくなかったのです。そして自画像を描きました」エッシュブルクはいった。声に生気がなかった。頬もこけていた。

ビーグラーは首を横に振った。「いつかそれがわかるときがあるといいんだが。今は疲れた」洋服掛けからコートを取って、身につけた。

「ビーグラーさん、ひとつ質問があります。知り合いの女性がわたしにたずねた質問です。罪とはなんですか?」エッシュブルクはたずねた。

ビーグラーは法壇に視線を向けた。この法廷で繰り広げてきた多くの刑事訴訟手続きが、脳裏を駆けめぐった。殺人者、麻薬密売人、そして人生に負けた人々。

「刑務官があなたを監房へ案内する」ビーグラーはいった。「身の回りのものを片づけるといい。ソフィアさんが三十分後、拘置所の出口で出迎える。あの人にやさしくするといい。本当にいい人だ」

ビーグラーが法廷のドアの前に立つと、ジャーナリストたちが取り巻いて、一斉に言葉を浴びせてきた。見ると、ジャーナリストたちの向こうに、パンタロンスーツの女が壁に寄りかかっている。ビーグラーは額にうっすら浮かぶ傷痕に気づいた。女はビーグラーに静かにうなずきかけた。エッシュブルクが語っていたセーニャ・フィンクスとそっくりの女だ。ビーグラーは女のところへ行こうとしたが、ジャーナリストたちが通してくれなかった。やっと人混みをかき分けたときには、女は消えていた。ビーグラーは肩をすくめた。罪だって? ビーグラーは頭の中でいった。〝罪なものは人間さ〟

二週間後、ゼバスティアン・フォン・エッシュブルクは無罪になった。

白

Weiß

白

エッシュブルクは橋の裏から川辺へ下りた。水は冷たかった。ゴム長靴に水圧を感じる。柳で編んだトートバッグと古い釣り竿を持っていたが、気持ちは釣りに集中していなかった。タバコを吸うため、川の中でときどき足を止めた。バッグから翡翠《ひすい》が嵌《は》め込まれたシガーケースをだし、蓋の裏側に刻まれた日本の文字を指でなでる。ソフィアのこと、そして息子のことを思った。もうすこししたら釣りに連れてこよう。息子に教えてやるんだ。釣り糸の投げ方、暑い日にマスが集まる木陰を見極める方法、そして枝に刺したマスを焚き火であぶるやり方を。といっても、自分が昔ちゃんとできたかどうかわからない。そもそも正しい方法などあるのかどうかも知らない。

だれもが毎朝起床し、己の人生を生きる。細々したことども。仕事、希望、セックス。わたしたちがしているのは大事なことだ、わたしたちにはなにか意味があると、みんな、信じている。わたしたちは安全だ、愛情はゆるぎなく、社会も、住んでいる場所も確固としていると、みんな、信じている。他に選択肢がないから、そう信じているのだ。しかしときには、立ち止まることもある。時間に亀裂が走り、その瞬間、気づく。わたしたちが見ているのは、鏡に映った自分の姿でしかないのだ、と。

そしてまたすこしずつ周囲の物事がもどってくる。玄関にいる見知らぬ女性の笑い声。雨上がりの午後、濡れたリネンやアイリスや石にむした深緑色の苔のにおい。そしてわたしたちは人生をつづける。これまでしてきたように、これからも生きていくだろう。

川岸まで迫る夏の畑がまばゆかった。エッシュブルクは川の流れに沿って川下へと歩いた。釣り竿を大きくふりかぶる。ほんの一瞬、フライが水面に浮き、日の光を浴びて緑と赤と青に輝いた、と思ったときにはもう、川がフライを押し流していた。

注記

この本に描かれた出来事は本当に起こったことに基づいている。

「本当かね？」ビーグラーは懐疑的だった。

日本の読者のみなさんへ

フェルディナント・フォン・シーラッハ

日本の僧侶、良寛（一七五八－一八三一）は死の床で、介抱する尼僧にこんな句を遺したといわれています。

うらを見せおもてを見せて散るもみぢ

わたしにとって、とても重要な俳句です。犯罪や罪悪、真実、現実、法律について本を書いたことで、わたしはつねに「悪とはなんですか？」と問われる身になりました。とくにトークショーで、この質問は人気があります。もちろん質問者は即答されることを期待しています。しかしこの問いに答えはありません。良寛はそのことを知っていたのです。

感じのいいテラスハウス。キックスケーターが車の進入路に置いてあります。日曜日の午後。けだるく、のどかです。犬が玄関でうたたねしています。よく見ると、キックスケーターの横にカチューシャが落ちています。そして砂利道には、濡れて黒々としたタイヤの跡。半地下の窓に目を移すと、黄色い水拭き可能なビニール製カーテンがかかっています。ロシア人アンドレイ・チカチーロは、少なくとも五十三人を殺害しました。彼は視覚障害をもった虚弱児でした。成人したあとも目立たない存在で、警察は彼を取り調べましたが、とくに怪しいとは思いませんでした。彼がはじめて殺したのは九歳の少女でした。そのときは、家主が犯人と間違えられて死刑になりました。あるいはオーストリア人ヨーゼフ・フリッツェル。彼は親切な隣人だと思われており、同じ通りに住む人たちからは〝愛すべきおじさん〟と呼ばれていました。彼は二十四年間にわたって自分の娘を地下室に監禁し、性的暴行を繰り返し、七人の子どもを産ませました。また、アルバン・ベルクのオペラ〈ルル〉には、とうとう捕まることのなかった連続殺人犯、切り裂きジャックが礼儀正しい紳士として登場し、人を殺し、姿を消します。見た目では、その男が何者かわかりません。

悪はすぐに定義できるものです。たったひとことで即座に決めつけることができます。しかし刑事訴訟手続きは、それとはまったく逆のものです。ゆっくりしていて、面白みなど微塵もありません。司法当局は動きが緩慢で、用心深いのです。その態度を変えると、つねに破局をもたらします。本当は正義が行われなければならないところに、突如として悪が現出するのです。刑事司法の取り柄は、速さではなく、時間をかけることなのです。

それもたっぷりと時間をかけるのです。

駆けだしの頃の依頼人に、自分の赤ん坊を殺した罪で起訴された若い女性がいました。わたしは拘置所で接見しました。当時のわたしは、アリストテレスにはじまって、ジョン・ロールズ、ハンス・ケルゼン、フリードリヒ・ハイエクといった法哲学者のことしか頭にありませんでした。カール・ポパーのことも尊敬してやみませんでした。しかしそのすべてがいきなり宙に吹っ飛んでしまったのです。たとえばオレンジについて細部まで描写することは可能です。そのにおい、果汁、果肉のあいだの白い筋の色合い、そして味わい。しかしそのすべてが頭でわかっても、本当にオレンジを食べたことにはならないのです。

監房の壁面は緑色のペンキで塗られています。心を落ち着かせるためです。小さなテーブルに向かって、その若い女性はすわっていました。彼女は泣きじゃくっていました。我が子が死に、自分が勾留され、恋人がいなくなってしまったといって泣いていたのです。まさにその瞬間、「悪とはなにか」という問いなど意味がないことに気づかされるでしょう。重要なのは、わたしたちが願望を抱き、期待に胸をふくらませ、数々のまちがいを犯し、それでも幸せを求め、それを果たせなかった生身の個人だということなのです。わたしたちの人生など一瞬の間でしかありません。わずかな歳月でわたしたちの命は尽きます。わたしたちには限りがあり、はかなく、傷つきやすいのです。人生をすべて理解できると思うときがあっても、それはできない相談なのです。いくら悪を定義しようとも、嬰児《えいじ》殺しの若い女性を救うことはできません。人生の意味をいくら求めても、そこに答えはないのです。

ゲーテは小説『ヴィルヘルム・マイスターの修業時代』の中で書いています。「人間は限られた境遇に生まれてくる。単純で、手の届くところにある、あらかじめ決められた目標なら見定めることができる。（中略）しかし広い世界に出ていくと、なにをしたいのか、なにをすべきなのかわからなくなる」

この文章のいいところは、その謙虚さにあります。「善」「悪」「モラル」といった概念は今、わたしにとってたしかにあまりに大きく遠い存在になってしまいました。わたしは二十年間、謀殺と故殺で訴追された人を弁護してきました。血に染まった部屋、切断された性器、数週間水に浸かった腐乱死体を見てきました。自分をさらけだし、壊れ、錯乱し、己自身に愕然としている奈落に落ちた人々と言葉を交わしてきたのです。長い歳月をかけてわたしは理解しました。その人の善悪を問うことはまったくもって無意味なのだ、と。人間には〈フィガロの結婚〉を作曲し、システィーナ礼拝堂の壁画を描き、ペニシリンを発明することができます。その一方で戦争を起こし、暴力をふるい、人を殺めもします。だから肝心なのはつねに人間そのもので、人間に関する理論ではないのです。みなさんの国の俳人良寛は、真実、悪の本質といった人生究極の問いにいくら答えを求めても、水泡に帰することを理解していました。あるのは、もみじだけ。うらを見せ、おもてを見せて散るだけなのです。

訳者あとがき

周囲にあるは　波と戯《たわむ》れのみ
重かりしものは
青き忘却に沈み
あてなく漂う　わが小舟
荒波も航海も——早忘れしとは！
希望も期待も　海にのまれ
滑らかなり、魂と海原

（ニーチェ「日は沈む」より）

シーラッハの第二長編『禁忌』をお届けする。原題は*Tabu*。訳出は第一版に拠った。ただこの日本語版には、原書にはない「日本の読者のみなさんへ」という著者からのメッセージが収められている。軽い気持ちで簡単なメッセージを依頼したら、こんなしっかりしたエッセイが届いた。訳者がどんな言葉を連ねるよりも、このエッセイがシーラッハの世界観を如実にあらわしているだろう。それにしても良寛の句を導入に使うとは。というわけで、その返歌としてニーチェの『ディオニュソス頌歌』に収められた詩の一節を冒頭に掲げさせてもらった。訳者自身の翻訳である。

長じて写真家となった本書の主人公エッシュブルクが、あるインスタレーションで引用する言葉がこの一節に含まれている。エッシュブルクはいろいろなものを背負い込んで生きてきた。彼が半生を通じて求めていたものはまさしく「滑らかに」凪《な》いだ「魂」だった。

だがここから急転直下、彼は荒波にもまれることになる。エッシュブルクの半生を描いた章は「緑」と銘打たれた、長い長い伏線の物語だ。それが次の「赤」の章で、彼はいきなり殺人容疑で逮捕され、取り調べを受ける。つづく章は「青」。この物語のもうひとりの主人公ともいえる弁護士ビーグラーが登場し、エッシュブルクを裁く法廷劇が展開する。はたしてエッシュブルクは有罪か、無罪か。

すでにお気づきと思うが、物語はエピグラフに掲げられた光の三原色をまさに地でいく構成だ。当然、最終章は「白」、緑赤青を通ってエッシュブルクがどう白くかすんでいくのか、そこが見所でもある。

本作は二〇一三年にドイツで出版されたとき、問題作として受け取られた。評価が賛否両論に分かれたのだ。「小説にはまだ上があった」（FAZ紙）と賞賛する声がある一方で、「二度読んでも理解できなかった」（ディ・ツァイト紙）と首を傾げる書評家もいた。

はじめての短篇集『犯罪』以来、シーラッハの文体は極限まで刈り込み、研ぎ澄まされたところに真骨頂がある。この作品でもそれは健在だが、今回読者は、あてどなく漂う小舟に揺られるような感覚に襲われるだろう。特定の方角へ舵を切ることなく、波のうねりにたゆたう文体。小舟の居場所は波頭の上かと思えば、波間に吸い込まれる。

シーラッハは「日本の読者のみなさんへ」で、「悪」を定義するのは無意味だとして、むしろ人間の本質は善と悪のあいだで揺れ動く「あわい」にあると捉え、それを良寛の句「うらを見せおもてを見せて散るもみぢ」で見事にあらわしている。もみじの真実は裏側にも、表側にもなく、散りながら表裏を見せるときに味わえるというのだ。本書はそれを裏表の二面ではなく、緑赤青の三面で描いたものだと思ってもらえるといいかもしれない。

ここで興味深いのはシーラッハの一貫した立ち位置だ。ドイツで二〇〇九年に出版された最初の短篇集『犯罪』には不確定性原理で知られるハイゼンベルクの言葉がエピグラフとして掲げられている。

「私たちが物語ることのできる現実は、現実そのものではない」

二〇一〇年にドイツの代表的な文学賞のひとつクライスト賞を受賞したとき、シーラッハはその受賞スピーチ「物語にはつねに文学特有の真実がある」(「ミステリーズ!」vol. 51 所収)でこういっている。

「私たちが現実を認識しえないとわかってしまった今、私たちは真実とどう向き合えばいいのでしょう。真実を知ることを放棄しますか? とんでもないことです。私たちは真実に関するさまざまな理論を作ることによってしか生きることはできないのです。真実を認識することにかけてもっとも明晰で、その結果がもっとも残酷な形でもたらされる刑事訴訟手続きにおいてすらそうなのです。私の物語のひとつで、ひとりの女性が真夜中プールサイドに横たわる場面があります。彼女は空を見上げ、私たちがいる銀河系に数十億の太陽系があり、さらに私たちの銀河系が数十億ある銀河系のひとつにすぎないことに思いをはせます。そしてそのあいだには冷たくうつろな空間がひろがっている。むろん遠くから見たとき、私たちの行いなど別段語るに足るものではありません。私たちはほんの一瞬を生きているにすぎません。その短い一瞬ですら、現実をあるがままに認識するという、一見もっとも簡単そうに思えることができないのです」

この引用にある「私の物語」は短篇集『罪悪』に収められた「間男」だ。その物語ではたしかにその女性は埋まらない「間」をふさぐため、次から次へと男に身を任せる。しかしそれでも人間にはまだ救いの道がある、とシーラッハは考えている。そこが自殺したハインリヒ・フォン・クライストと一線を画すところだ。この受賞スピーチの最後に、彼はあるエピソードをあげて、こう言い切っている。

「美しさは私たちを救います」

弁護士として善悪のあわいで仕事をするシーラッハは、作家として美醜のあいだで人生の新たな可能性を追究しているといってもいい。

しかし「美」とはなんだろう。

本書の後半で、弁護士ビーグラーがエッシュブルクにこんな質問をする場面がある。

「こんな手の込んだことをしたのは、なんのためだ？　(中略)芸術のため？　真実のため？」

エッシュブルクの答えはこうだ。

「ティツィアーノは人生の終わりに目を悪くしました。人生最後の数枚の絵は指で描いたんです」（中略）「自分と絵のあいだになにひとつ介在させたくなかったのです。そして自画像を描きました」

色彩の天才といえる豪華絢爛《けんらん》な絵を描いたティツィアーノは晩年、たしかに絵の具を指でこすりつけて描くようになり、色調も枯れていった。「自分と絵のあいだになにひとつ介在させたくなかった」つまり描かれるものと描く者のあいだに存在する夾雑物をぎりぎりまでそぎ落とした結果生まれたのが、晩年の自画像だったと。目に彩な美しさとは別次元の「美しさ」がそこにはある。それが老画家の救いだったということだろうか。これを本書に当てはめれば、書かれるものと書く者のあいだのノイズを取り払い、限りなくそのあわいに美を追究した作品となる。本書は紛《まぎ》れもないシーラッハの自画像だといえるだろう。

ところで自画像といえば、本書の表紙カバーには、ある人物を正面から撮影した写真が使われている。これはドイツの原書と同じものだ。今回の翻訳出版に当たっては、著者からこの写真を使うことという条件がだされた。そこに著者の並々ならぬこだわりが感じられる。向かって右横からスポットライトが当てられ、写真ははっきり明と暗に分かれている。もちろん明の部分が印象に残るので、女性のポートレートのように見えるが、はたしてそうだろうか。暗の側の目付き、眉毛を仔細に見ると……。明と暗はシャープな線で区切られているが、このポートレートの本質は、まったく異なるふたつの極が未分化な状態で提示された合成写真だといえるだろう。すでにこの作品はこのカバー写真からはじまっている。

＊＊＊

最後に今後のシーラッハ作品の日本語訳出版予定と、彼の最近の動向を紹介しよう。

本書に先立つ二〇一二年にドイツで発表された第三短篇集 *Carl Tohrbergs Weihnachten: Drei Stories*（仮題『カール・トーアベルクのクリスマス――三つの噺《はなし》』）を次に翻訳する予定だ。『犯罪』に収められた「棘」を彷彿とさせる惨劇がクリスマスに待っている表題作の他、同じく『犯罪』の「フェーナー氏」の主人公とそっくりの謹厳実直な裁判官が堕ちていく話 Seybold（「ザイボルト」）と『コリーニ事件』に脇役で登場するパン屋の主人をめぐる事件を描いた Der Bäcker（「パン屋の主人」）が収められている。（なお「パン屋の主人」の日本語訳は先行してクライスト賞受賞スピーチとともに「ミステリーズ！」vol. 51 に収録されている）

シーラッハは今年の八月、二〇一〇年から二〇一三年にかけてドイツの週刊誌デア・シュピーゲル誌に掲載されたエッセイをまとめたエッセイ集 *Die Würde ist antastbar*（『尊厳は侵しうる』）を出版し、今度はエッセイストとしてドイツ出版界の話題をさらっている。全部で十三点のエッセイの中でも、「なぜテロリズムはデモクラシーに判決を下すのか」という副題のついた表題作はとくに重要だろう。

二〇一二年二月にベルリンで作者と会ったとき、「テロリスト」がベルリン市内に核爆弾を仕掛け、その所在をめぐって警官がやむなく拷問をするというサイドストーリーが本書に組み込まれる予定だと漏らしていた。実際には、このエピソードはだいぶトーンダウンした形で本書に採用されているが、そのわけが最近判明した。

シーラッハはこのテロリストの物語を独立させて、新しいテクストを編みだしていたのだ。創作という意味では本書につづく作品になる。題名はまだドイツでも公表されていないので、ここで記すことはできないが、テロと対決したドイツの軍人の行為の是非が問われるスリリングな法廷劇が展開する。本書に登場する弁護士ビーグラーがふたたび登壇し、検察官と言葉のつばぜり合いをする。そこで提示される問題は、引用される判例も含めエッセイ「尊厳は侵しうる」と見事に重なり合う。

ところで「法廷劇」というのは比喩ではない、今度の作品は小説ではなく、戯曲なのだ。舞台上で作品を完成させるための設計図といえる戯曲。シーラッハの削り込む作業は自画像である本書を経て、とうとう作品全体に占める自分の存在までそぎ落としはじめているように思える。

この先、シーラッハはなにをめざすのだろう。もしかしたら五七五？　ひょっとしてドイツの良寛？

禁 忌

2015年1月9日　初版

著　者　フェルディナント・フォン・シーラッハ
訳　者　酒寄進一（さかより しんいち）
装　幀　中村聡
カバー写真　Michael Mann, © Ferdinand von Schirach
発行者　長谷川晋一
発行所　（株）東京創元社
〒162-0814　東京都新宿区新小川町1-5
電　話　03-3268-8231（代）
振　替　00160-9-1565
URL　http://www.tsogen.co.jp
印　刷　萩原印刷
製　本　加藤製本

ISBN978-4-488-01040-9 C0097